KB267667

밤중을 지난 무렵인지 죽은 듯이 고요한 속에서 짐승 같은 달의 숨소리가 손에 잡힐 듯이 들리며, 콩 포기들과 옥수수 잎새가 한층 달에 푸르게 젖었다. 산허리는 온통 메밀밭이어서 피기 시작한 꽃이 소금을 뿌린 듯이 흐뭇한 달빛에 숨이 막힐 지경이다. 〈메밀꽃 필 무렵〉

한국단편 읽기 ①

읽으면 읽을수록

논술이 만만해지는

엮은이 김정연

홍익대학교 국어교육과를 졸업하고 중학생에게 국어를 가르치다가 책 만드는 일을 시작했습니다. 어른과 아이들을 위한 책을 편집하고 엮는 일을 하고 있습니다.

그린이 백명식

경기도 강화에서 태어났어요. 어린 시절에는 지치지도 않고 산과 들을 뛰어 다니며 놀았지요. 동무들과 함께 진달래랑 아카시아 꽃을 따 먹고 물방개랑 개구리를 잡으며 놀다 보면 하루해가 저물었어요. 선생님은 자연을 잊고 사는 요즘의 어린이들이 흙냄새, 풀냄새를 잊지 않았으면 하는 마음으로 글을 쓰고 그림을 그리며 지낸답니다.

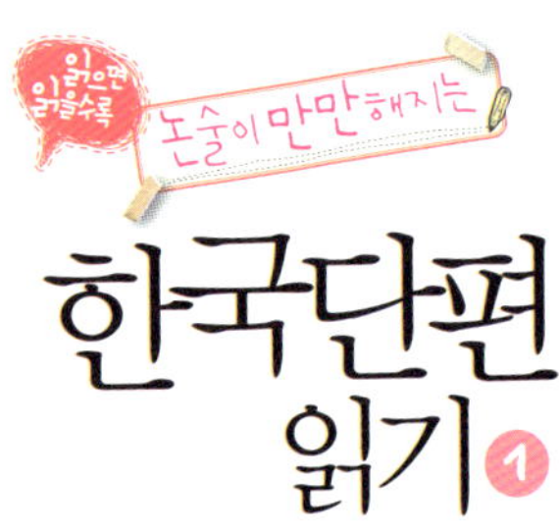

2012년 5월 25일 1쇄 발행
2021년 3월 10일 3쇄 발행

엮은이 김정연 | **그린이** 백명식

기획편집 이성애
마케팅 한명규 | **디자인** 김성엽의 디자인모아

발행인 한성문 | **발행처** (주)가람어린이
출판등록 2002년 9월 16일 제2002-000291호
주소 경기도 고양시 덕양구 삼원로 63, 1015호
전화 02-323-2160 | **팩스** 02-323-2170
전자우편 garambook@garambook.com
블로그 blog.naver.com/garamchildbook
인스타그램 instagram.com/garamchildbook
트위터 twitter.com/garamchildbook **유튜브** 가람어린이tv

ISBN 978-89-93900-23-1   64810

잘못된 책은 바꿔드립니다.
책값은 뒤표지에 있습니다.

이 읽으면
읽을수록
논술이 만만해지는
김정연 엮음 | 백명식 그림
한국단편
읽기 1
가람어린이

소설이라는 타임머신을 타고 상상의 세계로

"옛날 사람들은 어떻게 살았을까? 지금과 많이 다를까?"

이런 생각을 해 본 적이 있나요? 우리 할머니는 어떻게 사셨는지 궁금하지 않으세요?

우리의 단편 소설은 바로 그 때로 날아갈 수 있도록 도와 주는 타임머신입니다. 상상의 세계 속에서 우리는 과거의 모든 것을 보고 경험할 수 있습니다. 그것이 소설만이 줄 수 있는 재미이자 묘미이지요. 그러니 소설이라는 타임머신을 타고 과거로, 과거로 날아가 봅시다.

특히 우리나라의 대표 단편소설은 우리 역사의 격동기를 배경으로 하고 있는 것이 많습니다. 현대 단편소설의 기틀이 마련된 때가 바로 그 때이기 때문이지요. 가장 변화가 많던 시대이기도 하고 바로 우리 증조할머니, 증조할아버지가 살아 오신 시대이기도 합니다. 이 책에서 소개한 단편소설을 읽으며 역사책에서는 볼 수 없었던 평범한 사람들의 삶을 느껴 보는 것도 좋을 것입니다.

　시간이 지나고 환경이 많이 바뀐 지금도 여전히 이 작품들은 사랑받고 있습니다. 그건 어떤 시대에나 사람들이 갖고 있는 정신은 비슷하기 때문입니다. 이 책을 읽으며 여러분은 깨닫게 될 것입니다. 어느 때이든 중요한 것은 사람들 사이의 사랑과 남을 도우려는 마음, 옳은 일을 하려는 의지라는 것을 말입니다.

　여러분은 지금 십대 초반입니다. 이제 점점 동화가 아닌 소설을 접하게 되는 나이입니다. 여러분이 처음 접하는 우리 소설이기 때문에, 많은 선생님들이 추천하고 엄선하여 교과서에 실은 단편소설만을 가려 뽑았습니다. 뛰어난 예술성을 갖춘 동시에, 우리나라 현대소설에서 중요한 위치를 차지하고 있는 작품들입니다. 부디 여러분이 문학을 사랑하고 즐기게 되는 좋은 계기가 되기를 바랍니다.

김정연

차례

지은이를 알아 보아요!

각 작품 앞에 작가를 자세하게 소개하였습니다. 훌륭한 작가들이며 앞으로 중·고등학교에서 문학 공부를 할 때 다시 접하게 될 테니 잘 읽어 보고 이름은 꼭 외워 두세요.

줄거리를 읽어 봐요!

소설의 내용을 요약한 부분입니다. 먼저 소설을 감상하고, 그 후 정리할 때 읽어 볼 것을 권합니다. 소설의 내용이 어렵고 잘 파악되지 않는다면 줄거리를 읽으면서 시간 순서로 일어난 사건들을 곰곰히 생각해 보세요.

한국단편을 읽기 전에

작품의 주제와 꼭 생각하면서 읽어야 할 것이 무엇인지 알려 줍니다. 소설의 종류도 알기 쉽게 설명했습니다. 중학교 예비 학습이라 생각하고 잘 읽어 보세요.

소설 원문

소설 작품이기 때문에 지금의 우리들이 잘 쓰지 않는 말이나 사투리도 많이 나옵니다. 낯설게 생각하지 말고 '작가는 무슨 이야기를 하려는 걸까?' 생각하며 읽습니다. 세부적인 것보다는 전체 내용을 파악하고 느끼는 것이 더 중요해요. (이해를 돕고 또한 아이들의 정서를 해치지 않기 위해, 원문의 뜻을 벗어나지 않는 범위에서 단어나 문장 등에 약간의 수정을 가했음을 밝혀 둡니다.)

초등 필수 단어장 및 구절 풀이

소설의 아랫부분에 단어 및 구절 풀이가 있습니다. 이해하기 어려운 말을 알기 쉽게 풀어 주는 부분입니다. 처음 읽을 때는 그냥 넘어가고 다시 읽을 때 자세히 보도록 합시다.

논술 실력을 쑥쑥 올려 줘요!!

중요한 부분을 문제로 엮었습니다. 논술 공부에 도움이 될 수 있도록 성실히 답해 봅시다.

왕치와 소새와 개미와

채만식 지음

　채만식 선생님은 1902년에 전라북도 옥구에서 태어났습니다. 중앙고보를 졸업하고 일본으로 건너가 와세다 대학에서 영문학을 공부했으나 학업을 중단하고 귀국하였습니다. 1925년 단편 〈세 길로〉로 문학 활동을 시작하였으며 동아일보와 조선일보의 기자를 지냈습니다.

　처음에는 동반 작가의 경향을 보이다가 후에는 풍자 소설을 많이 썼습니다. 채만식 선생님은 사회를 직접 비판하기보다는 돌려서 꼬집는 방법을 많이 사용했는데, 이를 '풍자'라고 합니다.

　주요 작품으로는 자전적인 소설인 〈레디 메이드 인생〉, 토지 분배 문제를 풍자적으로 비판한 〈논 이야기〉, 한 여인의 일생을 통해서 현실을 보여 주는 〈탁류〉, 사회주의 지식인을 그린 〈치숙〉, 식민지 현실에서 살아 가는 사람을 풍자적으로 보여 준 〈태평천하〉 등이 있습니다.

한 집에 사는 왕치와 소새와 개미는 성격이 아주 달랐습니다. 개미는 착하고 예나 지금이나 부지런했답니다. 소새는 부지런하기는 했으나 성격이 날카로웠고, 왕치는 게으르고 둔하고 먹을 것만 밝히는 골칫덩어리였습니다. 소새는 이런 왕치가 늘 못마땅하기만 했답니다.

풍성한 가을이 되자 셋은 돌아가면서 잔치를 열기로 했습니다. 개미와 소새는 재주를 부려 먹을 것을 잔뜩 가져 와 큰 잔치를 베풀었는데, 왕치에게는 푸짐한 음식을 장만할 아무런 재주도 없었습니다. 별 수 없이 여기저기 헤매던 왕치는 냇가에서 물고기를 잡으려고 덤벼 들다가 오히려 먹혀 버리고 말았지요.

천덕꾸러기이긴 했지만 오랜 친구인 왕치가 없어진 것을 알고 소새와 개미는 매우 걱정이 되었습니다. 여기저기 다니며 찾아 보았지만 물고기 뱃속에 들어간 왕치를 찾을 수는 없었습니다.

할 수 없이 집으로 돌아와 둘이서 식사를 하는데, 소새가 잡아 온 물고기에서 왕치가 풀쩍 뛰어 나왔습니다. 왕치는 이마에 흐르는 땀을 닦다가 대머리가 됐고, 소새는 그런 왕치를 보고 골이 나서 입이 뚜우 나오고, 개미는 그 광경을 보며 허리를 잡고 웃었답니다.

〈왕치와 소새와 개미와〉는 1941년에 발표된 우화입니다. 세 동물의 생김새의 유래를 재미있게 설명하고 있습니다. 또 그와 함께 펼쳐지는 시골의 풍경도 정겹습니다.

〈왕치와 소새와 개미와〉를 읽으면서 주목할 것은 등장인물의 생김새와 성격입니다. 세 동물의 독특한 성격이 아주 재미있습니다. 그리고 그 속에서 현실에 대한 풍자도 엿볼 수 있답니다. 우리 주위에도 왕치같이 어리석은 사람, 소새처럼 똑똑하면서도 깍쟁이 같은 사람, 개미처럼 부지런한 사람이 존재하지요. 우화는 동물들의 이야기를 통해 인간의 세상을 꼬집고, 딱딱하지 않고 재밌게 유익한 교훈을 전달해 줍니다.

그럼 세 동물을 통해 지은이가 말하고자 하는 것은 무엇일까요? 바로 염치 없는 사람, 인정 없는 사람에 대한 경계가 담겨 있다고 볼 수 있습니다.

그리고 예전에 쓰이던 단어, 독특한 말투, 사투리에도 주의를 기울이며 읽어 보기 바랍니다.

왕치와 소새와 개미와

왕치는 머리가 훌러덩 벗어지고, 소새라는 새는 주둥이가 뚜우 나오고, 개미는 허리가 잘록 부러졌다. 이 왕치의 대머리와 소새의 주둥이 나온 것과 개미의 허리 부러진 것에는 굉장한 내력이 있다.

옛날 옛적, 거기 어디서, 개미와 소새와 왕치가 한 집에서 함께 살고 있었다.

개미는 시방이나 그 때나 다름없이 부지런하고 일을 잘했다. 소새도 소갈찌는 좀 괴팍하고 박절스런 구석은 있으나, 본성이 재치가 있고 바지런바지런해서, 제 앞 하나는 넉넉히 꾸려 나가고도 남았다.

딱한 건 왕치였다. 파리 한 마리 건드릴 근력도 없는 약질이어서 편편 놀고 먹어야 했다. 놀고 먹으면서도 밥통은 커서, 먹기는 남 갑절이나 먹었다. 그것도 염치 없는 노릇인데 게다가 속이 없고 빙충맞았다. 또 희떱고 비위가 좋았다.

왕치 방아깨비의 암컷. 수컷은 작고 딱
따깨비라 함
소새 휘파람새과의 작은 새
시방 지금
소갈찌 '마음보'를 낮잡아 이르는 말
박절스런 인정이 없고 쌀쌀스러운
빙충맞았다 똘똘하지 못하고 어리석으
며 수줍음을 타는 데가 있다
희떱고 속으로 텅텅 비어 있어도 겉으
로는 과장이 많고
동기간 형제 사이
타성바지 각각 성이 다른 남남
끔끔수 상대방을 곤경에 빠뜨림
먹을 속 살가운 먹는 것을 좋아하는
코대답 건성으로 하는 대답

부모 자식이나 동기간이라면 또 모르겠지만, 타성바지의 아무렇지도 않은 남남끼리 한 집 한 울 안에 모여 살면서 그 모양이니, 눈치는 혼자 먹어 두어야 했다. 개미는 그래도 천성이 너그럽고 낙천가가 되어서 그리 닷하지 않았지만, 성미가 까다로운 소새는 영 아주 왕치를 못 볼 상으로 미워했다. 걸핏하면 꽁해 가지고는 구박을 하고 눈치를 줬다.

어느 가을이었다. 백곡이 풍성한 식욕의 계절 가을이었다. 가을도 되고 했으니, 우리 잔치나 한번 차리는 게 어떠냐고, 셋이 모여 앉은 자리에서 소새가 제안을 했다.

"거 참, 조오흔 말일세!"

잔치도 잔치지만 자기를 끔끔수를 주자는 말인 줄은 모르고, 먹을 속 살가운 왕치가 냉큼 받아서 찬성이었다. 잠자코 있으나 개미도 이의는 없었다.

사흘 잔치를 하기로 했다. 사흘 동안 계속해서 잔치를 하는데, 차리기는 하나가 하루씩 맡아서 차리기로 했다. 가령, 첫날은 소새가 잔치를 차리면 둘째 날은 왕치가, 그리고 마지막 날은 개미가…… 이렇게.

왕치는 그렇게 잔치를 하루씩 도맡아서 차린다는 데는 속으로 뜨악 걱정스러웠으나, 그렇다고 체면에 나는 못 합네 할 수는 없는 터라, 어물어물 코대답을 해 두었다. 둘이가 먼저 차리거든 우선 먹어 놓고 볼 일이라는 떡심이었다. 그 동안 인생을 이런 떡심으로 부지

해 왔으니, 별로 새삼스럴 것도 없었다.

첫 날은 개미가 나섰다. 들로 나갔다. 들에서는 한참 벼를 거두기가 바빴다. 마침 보니, 촌마누라 하나가 샛밥을 내 가느라고, 한 광주리 목이 오므라들게 해서 이고, 들 가운데로 지나고 있었다.

좋을씨구나, 개미는 뽀르르 쫓아가서 가랑이 속으로 기어 올라가서는, 너벅다리께를 사정없이 꽉 물어 떼었다. "아이구머닛!" 죽는 소리를 치면서 촌마누라는 머리의 밥 광주리를 내동댕이를 치고는, 다리야 날 살리라고 도망을 쳤다.

부우연 입쌀밥에, 얼큰한 풋김치에, 구수한 된장찌개에, 짭짤한 자반 갈치 토막에, 골콤한 새우젓에……. 죄다 집으로 날라다 놓고는, 셋이 모여 앉아서 맛있게 잘 먹었다. 보기 드문, 건 잔치였다.

다음 날은 소새가 나섰다. 물가로 갔다. 바닥이 들여다보이게 맑은 물에서 붕어도 뛰고 가물치도 놀고 했다. 여느 때와 달리, 소새는 붕어나 가물치나 단치 따위는 눈도 거듭떠보지 않고, 말뚝에 가 오도카니 앉아서는 기다렸다. 이윽고 싯누런 잉어가 한 놈 꿈틀거리면서 물 위로 머리를 솟구쳤다. 잔뜩 겨냥을 하고 노리던 소새는, 휘익 날면서 주둥이로 잉어의 눈을 꿰어 들었다.

집으로 돌아오니, 개미와 왕치는 손뼉을 치며 맞이했다. 싱싱한 잉어를 놓고 둘러 앉아서 먹는 맛은 또한 특별했다. 소새 차례의 둘째 날의 잔치도 그래서 걸게 지났다.

마지막, 셋째 날은 드디어 왔다. 왕치는 무어라고든 핑계를 대고서 뱃심으로 뭉갤 생각이었으나, 보니 소새의 패앵팽한 눈살이, 안 될 말이었다. 잘 먹은 죄가 이렇게 큰 거라고 생각하면서, 아무 가량도 없는 채 집을 나섰다.

우선 들로 나가 보았다. 들에는 벼만 가득히 익고, 농군들이 벼를 거두기에 바빴지, 보아야 만만히 건드림직한 거라곤 없었다. 설마한들 벼 이삭이나 한 목쟁이 주워 가지고 갈 수는 없고. 막막히 헤매고 다니다가 한 곳을 당도한즉, 애꾸눈이 엿장수가 엿목판을 뚜드리면서

　　“엿들 사려 ! 호도엿 사려.”

하고 멋들어지게 외우고 지나갔다. 덮어놓고 후룩후룩 날아 가서, 엿목
판에 가 앉았다. 한 목판 그득 담긴 엿이 또한 먹음직스러웠다. 이걸 송
두리째 집으로 가져만 갔으면 걸기도 하고 한바탕 뽐낼 판인데, 그러
나 무슨 재주로! 어떻게 했으면 좋을꼬 하고 요리조리 엿목판을 끼웃거
리며 궁리를 한다는 게, 무심결에 엿장수의 어깨에 가 앉았던 모양이었
다. "잡것, 재수 없네!" 엿장수가 손바닥으로 탁 치는 바람에, 하마터면
엿장수의 어깨에서 참혹한 죽음을 할 뻔하고는, 혼비백산 질겁을 하여
도망을 쳤다.

　들을 지나서 산 밑으로 가 보았다. 꿩도 날고, 토끼도 기었다. 바위
틈사구니엔 벌집도 있고, 그 단 꿀 냄새에 회가 동했다. 그러나 모두가

16

화중지병이었다.

잔디밭에서 암소가 송아지와 놀고 있었다. 어미는 너무 크고, 송아지 등에 가 앉아 보았다. 간지럽다고 강종강종 뛰었다. 요놈을 어떻게 사알살 꼬여서 집으로 끌고 갔으면 좋겠는데, 그게 도무지 도리가 없었다. 이마빡으로 옮겨 앉아서 털을 물고 진득이 잡아 당겼다. 부룩송아지여서, 대가리를 세게 내젓는 통에 저만치 가서 떨어졌다. 이 녀석 어디 보자고 엉덩짝에 가 앉아서는, "이러! 이러!" 하고 간질여 보았다.

송아지는 왕치 하는 짓을 파리인 줄 알고, 꼬리를 휙 쳐서 옆구리가 결리도록 얻어맞았다.

할 수 없이 물가로 와 보았다. 붕어가 뛰고 메기가 놀고, 하지만 잡는 재주는 없었다. 그럭저럭 해는 점심 때도 지나, 오래지 않아 날이 저물게 되었다. 그대로 빈손으로 돌아가자니 차마 체면이 아니었다. 그렇다고서 언제까지고 이렇게 헤매기만 할 수도 없었다. 답답했다. 엉엉 앉아서 울었다. 막 그럴 즈음, 어저께 소새가 잡아 가지고 온 그런 잉어가 한 놈, 싯누런 몸뚱이를 굼실거리면서 물 위로 떠 올랐다. 왕치는 분연히, 울기를 그치고 팔을 부르걷었다.

"그래, 사내 대장부가 세상에 나서 원 이래야 옳담매?"

그러면서 단연 그 잉어를 잡을 결심으로, 후르륵 날아, 마침 솟구치는 잉어의 콧등에 오똑 앉았다. 잉어야 그러잖아도 속이 출출한데, 이게 웬 떡이냐고 날름 혀로 차서는, 씹고 무엇하고 할 것도 없이 그대로 꼴깍 삼켜 버렸다.

아침에 일찍 나간 채 한낮이 지나도 왕치는 돌아오지 않아서, 집에서는 소새와 개미는 걱정을 하며 이제나 저제나 까맣게 기다렸다. 그러면서 개미는 소새를 자꾸만 탓을 했다. 부질없이 그런 말을 해서 그 못난이를 못할 노릇을 시켰다고. 괜히 참, 어디 가서 함부로 다니다가 몸을 다치든지, 아닐 말로 죽든지 하면 저 일을 장차 어떡하냐고.

소새는 민망하여, 아 작자가 하도 염치도 없고 보기 싫게 굴길래 좀 그래 보았지라고. 그래도 난 못 하겠노라고 아랫목에 앉아서 뭉개든지, 무어라고 핑계를 대겠지 했지, 누가 그렇게 성큼 나설 줄이야 알았더냐고. 아무려나 어서 무사히 돌아오기나 했으면 좋겠다고. 누누이 발명 겸 후회를 하였다.

한낮이 겨우 지나고 새 때가 되어 오자, 참다 못해 둘이는 왕치를 찾으러 나섰다. 개미는 들로 나갔다. 그러나 암만 찾고 다녀도 왕치의 종적은 알 길이 없었다. 소새는 물가로 나갔다. 역시 암만 찾고 다녀도 (벌써 잉어의 뱃속으로 들어간 뒤라) 왕치는 눈에 뜨이지 않았다.

어느덧 날은 저물어 땅거미가 져서 더 찾으려야 찾을 수도 없고, 소새는 마음만 한껏 초조하여, 거듭 뉘우치면서 할 수 없이 집으로 돌아가기로 했다. 혹시 그 동안 왕치가 제풀에 돌아와서 있으면 오죽이나 좋으련 하는 한 오라기의 희망을 가지고. 그리하여 마침 수면을 날아 건너는데, 잉어가 한 놈 굼실거리며 물 위로 떠 오르는 게 보였다. 이왕에 나왔으니 사냥이나 해 가지고 갈 생각으로, 획 몸을 떨어뜨리면서 주둥이로 잉어의 눈을 꿰어 찼다.

　　집에서는 개미가 먼저 돌아와서 까맣게 혼자 기다리고 있었다. 둘이는 결국 일은 저지른 일이라고 걱정에 땅이 꺼졌으나, 다시 더 찾아 보려 해도 날은 이미 저물었고, 밝은 다음 날로 미루는 수밖에 없었다.

　　하나가 빠졌다고 텅 빈 것같이 섭섭한 집 안에서, 둘이는 방금 소새가 잡아 가지고 온 잉어를 먹기 시작했다. 좋은 음식을 대하니, 더더욱 동무가 생각이 나서 목에 걸렸다.

　　중간쯤 먹었을 때였다. 별안간 후루룩 하더니 잉어 배때기 속에서 왕치가 풀쩍 뛰어 나오는 것이었다. 아까, 왕치를 산 채로 잡아 먹은 그 잉어를 우연히 소새가 잡아 온 것이었다.

　　소새와 개미는 (반가운 것도 반가운 것이지만 깜짝 놀라) 뒤로 나가 자빠지는데, 풀쩍 그렇게 잉어 배때기 속에서 뛰어 나오면서 왕치의 하는 행동이 과연 절창이었다. "휘! 더워! 어서들 먹게! 아, 이놈을 내가 잡느라고, 어떻게 그만 애를 썼던지! 에이 덥다! 어서들 먹게!" 이렇게

발명 변명
새 때 점심을 지나 샛밥 먹을 때
절창 썩 잘 부르는 노래

너스레를 떨면서, 땀 난 이마를 쓱쓱 손바닥으로 씻었다.

소새는 반가운 것도 놀란 것도 인제는 어디로 가고, 슬그머니 배알이 상했다. 잡기를 번연히 소새 제가 잡아, 그 덕에 생선 배때기 속에서 귀신도 모르게 죽을 것을 살려 냈더니, 넉살 좋게, 제가 잡았다느니, 숫제 어서들 먹으라고 계속 생색을 내니, 세상 그런 비윗장도 있단 말이냐. 소새는 그래서 주둥이가 한 자나 되게 뚜우 나와 샐룩한 눈을 깔아뜨리고 앉아 말이 없었다.

개미가 비로소 정신을 차려 둘을 다시금 보니, 참 우스워 기절을 하겠다. 속 못 차리고 공짜를 너무 바라면 이마가 벗어진다더니, 정말 왕치는 이마의 땀을 쓱쓱 닦는데 보기 좋게 빈대머리가 훌러덩 단박에 벗어지고 만 것이었다. 소새는 또 주둥이가 한 발이나 쑤욱 나와 버렸고, 개미는 하도하도 우습다 못해 대굴대굴 구르다가 그만 허리가 부러지고 말았다. 이래서 그 때부터 왕치는 대머리가 벗어진 것이고, 소새는 주둥이가 길어진 것이고, 개미는 허리가 부러졌다는 것이다.

왕치와 소새와 개미의 생김새의 유래를 설명하고 있다. 공짜를 좋아하는 왕치는 이마의 땀을 닦다가 대머리가 되었고, 소새는 골이 나서 부리가 나오고, 개미는 웃다가 허리가 부러져 잘록해졌다는 것이다.

너스레 남에게 수다스럽게 말을 늘어놓는 것
배알이 상했다 비위에 거슬려 아니꼽게 생각됐다.
'배알'은 '창자'의 속어이다.

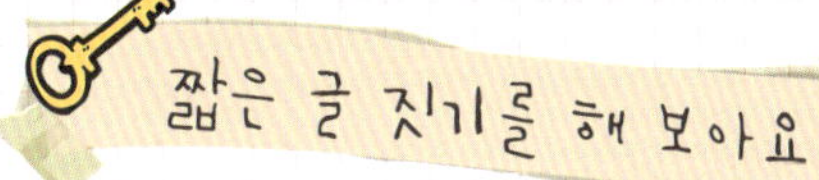

1 염치없다

2 샛밥

3 걸다

4 오도카니

5 너스레

1 왕치, 소새, 개미의 겉모습과 성격을 묘사한 부분을 찾아 빈칸을 채워 넣으세요.

	겉모습	성격
왕치	머리가 훌러덩 벗겨졌다.	
소새		
개미		

2 왕치와 소새와 개미의 생김새가 변하여 지금과 같이 된 이유를 설명한 부분이 있습니다. 찾아서 빈칸을 채워 보세요.

왕치	
소새	
개미	왕치와 소새가 우습다 못해 대굴대굴 구르다가 허리가 부러졌다.

1 소새가 왕치와 개미에게 잔치를 열자고 제안한 이유는 무엇인가요?

2 왕치는 자기 덩치로는 잡을 수 없는 잉어에게 왜 달려들었나요?

3 이 소설 속에서 소새의 감정은 계속 변화합니다. 소새의 감정이 변화한 이유를 간단히 써 봅시다.

　　(왕치가 남보다 갑절은 먹으면서 얻어먹기만 좋아하기) 때문에 왕치를 미워했다.

　→ (　　　　　　　　　　　　　　　　　　　　) 때문에 후회하고 슬퍼했다.

　→ (　　　　　　　　　　　　　　　　　　　　) 때문에 배알이 상했다.

　→ (　　　　　　　　　　　　　　　　　　　　) 눈을 깔아뜨리고 앉아 있었다.

1 다음 구절을 읽고 왕치의 태도를 비판하여 말해 봅시다.

왕치는 그렇게 잔치를 하루씩 도맡아서 차린다는 데는 속으로 뜨악 걱정스러웠으나, 그렇다고 체면에 나는 못 합네 할 수는 없는 터라, 어물어물 코대답을 해 두었다. 둘이가 먼저 차리거든 우선 먹어 놓고 볼 일이라는 떡심이었다. 그 동안 인생을 이런 떡심으로 부지해 왔으니, 별로 새삼스러울 것도 없었다.

2 왕치를 대하는 개미와 소새의 태도는 각각 다릅니다. 둘의 태도를 비교하고, 친구를 대하는 각 태도의 장단점을 말해 봅시다.

왕치를 대하는 개미의 태도 :

왕치를 대하는 소새의 태도 :

3 주위에서 볼 수 있는 특징 있는 동식물의 모양새를 관찰하고, 이 소설과 같이 재미있는 유래를 상상하여 써 봅시다.

황소와 도깨비

이 상 지음

　　이상 선생님의 본명은 김해경이고, 1910년 서울에서 태어났습니다. 1926년 보성고보를 졸업하고 1929년 경성고등공업학교 건축과를 졸업한 후, 조선총독부 건축 기사로 일했습니다. 1930년 〈조선〉에 장편소설 〈12월 12일〉을 연재했습니다.

　　23세에 폐병에 걸리면서 사직하고 본격적으로 소설을 쓰기 시작했습니다. 시 〈오감도〉로 큰 반향을 불러 일으킨 동시에 난해하다는 평가를 받았으며, 소설 〈날개〉를 발표하여 현대 소설사의 한 획을 그었습니다.

　　이상 선생님의 대표작 〈날개〉는 1936년에 발표된 작품입니다. 이상 선생님의 소설은 자신의 마음 속을 들여다보는 작품들이 많습니다. 글을 쓰는 방법도 독특하여, 일반적인 소설의 구성이나 띄어쓰기를 무시하기도 하였습니다. 27세의 젊은 나이에 죽었으나, 이상 선생님의 독특한 문학 세계는 우리나라 문학에 큰 영향을 미쳤습니다.

　　장가도 안 가고 부모, 형제도 없는 돌쇠에게 단 하나의 친구는 그의 황소였습니다. 돌쇠는 식구가 없기 때문에 열심히 일을 하지 않고 배가 많이 고파져야 나무를 해 장에 가 팔곤 했습니다.

　　어느 날 장에 가서 나무를 팔고 집으로 돌아오는 길이었습니다. 난데없이 도깨비가 튀어나와 돌쇠에게 말을 걸었습니다. 도깨비는 사냥개에게 쫓기다가 꼬리를 잘려 요술을 못 부리게 되었노라며, 황소 뱃속에서 두 달만 살게 해 달라고 사정하였습니다. 애지중지하는 황소 뱃속을 빌려 줘야 한다니, 처음에는 선뜻 내키지 않았으나 돌쇠는 도깨비가 불쌍해 허락해 주었답니다.

　　도깨비는 황소 뱃속으로 들어가서 황소를 열 배나 힘이 세게 만들었습니다. 신이 난 돌쇠는 그 때부터 전보다 더 부지런히 일을 하게 되었지요. 그런데 두 달 후, 황소 뱃속에서 살이 너무 많이 찐 도깨비가 밖으로 나오질 못했습니다. 황소가 하품을 하면 나갈 수 있다는 도깨비의 말에 돌쇠는 '어떻게 하면 하품을 하게 할 수 있을까?' 하며 황소 앞에서 한참을 고민하였습니다.

　　그러다가 졸음이 밀려 와 자기도 모르게 하품을 하자 황소도 덩달아 입을 쩍 벌리고 하품을 했답니다. 그러자 도깨비가 튀어나와 황소를 백 배 더 세게 만들어 주었습니다.

〈황소와 도깨비〉는 천재 작가로 알려져 있는 이상이 쓴 동화입니다. 이상이 어린이를 위해 쓴 소설은 〈황소와 도깨비〉 한 편뿐입니다.

〈황소와 도깨비〉에는 두 인물이 등장합니다. 주인공 돌쇠와 돌쇠에게 은혜를 입은 도깨비이지요. 돌쇠는 그다지 부지런한 사람이 아닙니다. 그러나 도깨비를 도와 준 덕에 황소의 힘이 강해져, 신 나게 일을 하게 됩니다. 남을 돕는 고운 마음씨가 좋은 결과를 가져 온 것입니다.

도깨비에게 황소의 뱃속을 내 주고 대신 황소의 힘을 열 배, 백 배 강하게 하여 부지런하게 일하게 되었다는 발상이 참으로 재미있습니다. 하품을 해야만 황소 배 밖으로 나갈 수 있다는 도깨비의 해결책도 재미있고요. 옆에 있는 사람이 하품을 하면 저절로 따라하게 되는 경험을 해 보았을 것입니다. 도깨비는 밖으로 나와 돌쇠에게 은혜를 갚지요.

여러분, 도깨비와 이야기를 나누고 황소 뱃속에서 도깨비가 튀어나오는 상상의 세계 속에 함께 빠져들어 봅시다.

황소와 도깨비

어떤 산골에 돌쇠라는 나무 장수가 살고 있었습니다. 나이 삼십이 넘도록 장가도 안 가고 또 부모도 일가친척도 없는 혈혈단신이라 먹을 것이나 있는 동안은 핀둥핀둥 놀고 그러다가 정 궁하면 나무를 팔러 나갑니다.

돌쇠는 그다지 부지런한 성격이 아님을 알 수 있다. 그런데 돌쇠가 게으른 이유는 일을 열심히 할 동기가 없었기 때문이라 하였다.

어디서 해 오는지 아름드리 장작이나 솔나무를 황소 등에다 듬뿍 싣고 장터나 읍으로 팔러 갑니다. 아침 일찍이 해도 뜨기 전에 방울 달린 소를 끌고 이려이려…… 딸랑딸랑…… 이려이려──이렇게 몇 십 리씩 되는 장터로 읍으로 팔릴 때까지 끌고 다니다가 해 저물녘이라야 겨우 다시 집으로 돌아옵니다.

그 방울 달은 황소가 또 돌쇠의 큰 자랑거리였습니다. 돌쇠에게는 그 황소가 무엇보다도 소중한 재산이었습니다. 자기 앞으로 있던 몇 마지기 토지를 팔아서 돌쇠는 그 황소를 산 것입니다. 그 황소는 아직 나이

는 어렸으나 키가 아주 크고 골격도 튼튼하고
털이 또 유난스럽게 고왔습니다. 긴 꼬리를
좌우로 흔들며 나뭇짐을 잔뜩 지고 텁석텁석
걸어가는 모습은 보기에도 참 훌륭했습니다.
그 동리에서 으뜸가는 이 황소를 돌쇠는 퍽 귀애하고 위했습니다.

　어느 해 겨울 맑게 개인 날, 돌쇠는 전과 같이 장작을 한 바리 잔뜩
싣고 읍을 향해서 길을 떠났습니다. 읍에 도착한 것이 오정 때쯤이었습
니다. 그 날은 운수가 좋았던지 살 사람이 얼른 나서서 돌쇠는 그리 애
쓰지 않고 장작을 팔 수 있었습니다. 돌쇠는 마음이 대단히 흡족해서
자기는 맛있는 점심을 사 먹고 소에게도 배불리 죽을 먹였습니다. 그러

돌쇠가 도깨비를 만났을 때의 시간적인 배경을
알 수 있는 부분이다. 계절은 겨울이며, 다른 날
과는 다른 심상치 않은 분위기도 느낄 수 있다.

고 나서 잠깐 쉬고 그 날은 일찍 돌아올 작정이었습니다.

얼마쯤 돌아오려니까 별안간 하늘이 흐리기 시작하고 북풍이 내리
불더니 히뜩히뜩 진눈깨비까지 뿌리기 시작합니다. 돌쇠는 소중한 황
소가 눈을 맞을까 겁이 나서 길가에 있는 주막에 들어가서 두어 시간
쉬었습니다. 그랬더니 다행히 눈은 얼마 아니 오고 그치고 말았습니다.

아직 저물지는 않았는고로 돌쇠는 황소를 끌고 급히 길을 떠났습니
다. 빨리 가면 어둡기 전에 집에 돌아갈 수 있을 것 같았기 때문입니다.
그러나 짧은 겨울해는 반도 못 가서 어느덧 저물기 시작했습니다. 날이
흐렸기 때문에 더 일찍 어두웠는지 모릅니다.

"야단났구나."

하고 돌쇠는 야속한 하늘을 쳐다보며 혼자 중얼거리고 가만히 소 등을
쓰다듬었습니다.

"날은 춥고 길은 어둡고 그렇지만 할 수 있나. 자, 어서, 가자."

돌쇠가 혼잣말같이 중얼거리는 말을 소도 알아들었는지 딸랑딸랑 뚜
벅뚜벅 걸음을 빨리 합니다.

이렇게 얼마를 가다가 어느 산허리를 돌아서려니까 별안간 길 옆 숲
속에서 고양이만한 새까만 놈이 깡충 뛰어 나오며 눈 위에 가 엎드려
무릎을 꿇고 자꾸 절을 합니다.

"돌쇠 아저씨, 제발 살려 주십시오."

처음에는 깜짝 놀란 돌쇠도 이렇게 말을 붙이는고로 발을 멈추고 자
세히 바라보니까 사람인지 원숭인지 분간할 수 없는 얼굴에 몸에 비해서
는 좀 기름한 팔다리, 살결은 까뭇까뭇하고 귀가 우뚝 솟고 작은 꼬리까

28

지 달려서 원숭이 같기도 하고 또 이렇게 보면 개 같기도
했습니다.

"얘, 요게 뭐냐."

돌쇠는 약간 놀라면서 소리쳤습니다.

"대체 너는 누구냐?"

"제 이름은 산오뚝이에요."

"뭐? 산오뚝이?"

그 때 돌쇠는 얼른 어떤 책 속에서 본 그림을 하나 생각해 냈습니다.
그 책 속에는 얼굴은 사람과 원숭이의 중간이요 꼬리가 달리고 팔다리
가 길고 귀가 오뚝 일어선 것을 그려 놓고 그 옆에는 도깨비라고 쓰여
있었던 것입니다.

"거짓말 말어, 요놈아."

하고 돌쇠는 소리를 버럭 질렀습니다.

"너 요놈 도깨비 새끼지?"

"네, 정말은 그렇습니다. 그렇지만 산오뚝이라고도 합니다."

"하하하하, 역시 도깨비 새끼였구나."

돌쇠는 껄껄 웃으면서 허리를 굽히고 물었습니다.

"그래, 대체 도깨비가 초저녁에 왜 나왔으며 또 살려 달라는 건 무슨
소리냐?"

도깨비 새끼의 이야기는 이러했습니다.

지금부터 한 일주일 전에 날이 따뜻하
기에 도깨비 새끼들은 56마리가 떼를 지어

인가 근처로 놀러 나왔더랍니다. 하루 온종일 재미있게 놀고 막 돌아가려 할 때에 마침 동리의 사냥개한테 붙들려 꼬리를 물리고 말았습니다. 겨우 몸은 빠져 나왔으나 개한테 물린 꼬리가 반동강으로 툭 잘라졌기 때문에 여러 가지 재주를 못 피게 되고 말았습니다. 그뿐 아니라 동무들도 다 잃어버리고 혼자 떨어져서 할 수 없이 입때껏 그 산허리 숲속에 숨어 있었던 것입니다.

도깨비에겐 꼬리가 아주 소중한 물건입니다. 꼬리가 없으면 첫째 재주를 피울 수 없는고로 먼 산속에 있는 집에도 갈 수 없고 배가 고파서 먹을 것을 찾으러 나가려니 사냥개가 무섭습니다. 날이 추우면 꼬리의 상처가 쑤시고 아프고——그래서 꼼짝 못하고 일주일 동안이나 숲속에 갇혀 있다가 뛰어 나온 것입니다.

"제발 이번만 살려 주십시오. 은혜는 평생 잊지 않겠습니다."

이야기를 마치고 나서 도깨비 새끼는 머리를 땅 속에 틀어박고 두 손을 싹싹 비빕니다.

이야기를 듣고 자세히 보니까 과연 살이 바싹 빠지고 꼬리에는 아직도 상처가 생생하고 추위를 견디지 못해서 온몸을 바들바들 떨고 있습니다. 돌쇠는 그 정경을 보고 아무리 도깨비 새끼로소니…… 하는 측은한 생각이 나서,

"살려 주기야 어렵지 않다만 대체 어떻게 해 달라는 말이냐."
하고 물었습니다.

"돌쇠 아저씨의 황소는 참 훌륭한 소입니다. 그 황소 뱃속을 꼭 두 달 동안만 저에게 빌려 주십시오. 더도 싫습니다. 꼭 두 달입니다. 두 달만 지나면 날도 따뜻해지고 또 상처도 나을 테고 하니깐 그 때는 제 맘대로 돌아다닐 수 있습니다. 그 동안만 이 황소 뱃속에서 살도록 해 주십시오. 절대로 거짓말을 해서 아저씨를 속이기는커녕 제가 이 소 뱃속에 들어가 있는 동안은 이 소를 지금보다 열 배나 기운이 세게 해드리겠습니다. 그러니 제발 이번 한 번만 살려 주십시오."

이 말을 듣고 돌쇠는 말문이 막히고 말았습니다. 귀엽고 소중한 황소 뱃속에다 도깨비 새끼를 넣고 다닐 수는 없는 일입니다. 그렇다고 그것을 거절하면 도깨비 새끼는 필경 얼어 죽거나 굶어 죽고 말 것입니다. 아무리 도깨비라기로 그렇게 되는 것을 그대로 둘 수도 없고 또 소의 힘을 지금보다 열 배나 강하게 해 준다니 그리 해로운 일은 아닙니다.

생각다 못해서 돌쇠는 소의 등을 두드리며 '어떡하면 좋겠니?' 하고 물어 보니까 소는 그 말귀를 알아들었는지 고개를 끄덕 끄덕합니다.

"그럼 너 하고 싶은 대로 해라. 그렇지만 꼭 두 달 동안이다."

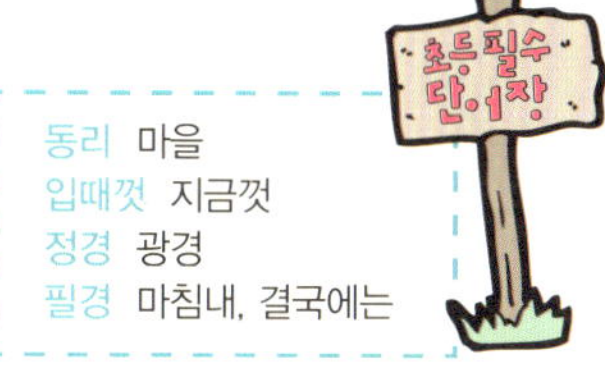

돌쇠는 도깨비 새끼를 보고 이렇게 다짐했습니다.

도깨비 새끼는 좋아라고 펄펄 백 번 치사하고 깡충 뛰어서 황소 뱃속으로 들어가고 말았습니다.

돌쇠는 껄걸 웃고 다시 소를 몰기 시작했습니다. 그랬더니 참 놀라운 일입니다. 아까보다 열 배나 소는 걸음이 빨라져서 도저히 따라갈 수가 없었습니다. 할 수 없이 소 등에 올라 탔더니 소는 연방 딸랑딸랑 방울 소리를 내며 순식간에 마을까지 뛰어 돌아왔습니다.

과연 도깨비 새끼가 말한 대로 돌쇠의 황소는 전보다 열 배나 힘이 세어졌던 것입니다. 그 이튿날부터는 장작을 산더미같이 실은 구루마라도 끄는지 마는지 줄곧 줄달음질을 쳐서 내뺍니다. 그 전에는 하루 종일 걸리던 장터를 이튿날부터는 아무리 장작을 많이 실었어도 하루 세 번씩을 왕래했습니다.

돌쇠는 걸어서는 도저히 따라갈 수가 없어서 새로 구루마를 하나 사

서 밤낮 그 위에 올라 타고 다녔습니다. 얘——이건 참 굉장하다…….
하고 돌쇠는 하늘에나 오른 듯이 기뻐했습니다. 따라서 전보다도 훨씬
더 소를 귀애하고 소중히 여기게 되었습니다.

　자—— 이러고 보니 동리에서나 읍에서나 큰 야단입니다. 돌쇠의 황
소가 산더미같이 장작을 싣고 하루에 장터를 세 번씩 왕래하는 것을 보
고 모두 눈이 뚱그랬습니다. 그 중에는 어떻게 해서 그렇게 황소의 힘
이 세어졌는지 부득부득 알려는 사람도 있고 또 달라는 대로 돈을 줄
터이니 제발 팔아 달라고 청하는 사람도 있었으나 돌쇠는 빙그레 웃기
만 하고 대답도 하지 않았습니다.

　"어쩐 말이냐, 우리 소가 제일이다."

　그럴 적마다 돌쇠는 이렇게 생각하고 더욱 맛있는 죽을 먹이고 딸랑
딸랑 이려이려—— 하고 신이 나서 소를 몰았습니다.

　원래 게으름뱅이 돌쇠입니다마는 이튿날부터는 소 모는 데 그만 재
미가 나서 장작을 팔러 다녀서 돈도 많이 모았습니다. 눈이 오거나 아
주 추운 날은 좀 편히 쉬어 보려고 해도 소가 말을 안 들었습니다. 첫
새벽부터 외양간 속에서 발을 구르고 구슬을 내흔들고—— 넘쳐 흐르는
기운을 참지 못해 껑충껑충 뜁니다. 그러면 돌쇠는 할 수 없이 또 황소
를 끌어 내고 맙니다.

　이러는 사이에 어느덧 두 달이 거의 다
지나가고 3월 그믐께가 다가왔습니다. 그
때부터 웬일인지 자꾸 소의 배가 부르기
시작했습니다. 돌쇠는 깜짝 놀라 틈이 있

치사　고마움을 표시함
연방　계속해서
구루마　수레
청하는　부탁하는
어쩐 말이냐　(소를 팔라니) 무슨 말이냐
그믐께　그믐 무렵. 그믐은 그 달의 맨 마
지막 날을 가리킨다.

는 대로 커다란 배를 문질러 주기도 하고 또 약도 써 보고 했으나 도무지 효력이 없습니다. 노인네들에게 보여도 무엇 때문인지 아는 사람이 없었습니다.

돌쇠는 매일을 걱정과 근심으로 지냈습니다. 아마 이것이 필경 뱃속에 있는 도깨비 장난인가 보다 하는 것은 어슴푸레 짐작할 수 있었으나 처음 꼭 두 달 동안이라고 약속한 일이니 어찌할 수 없는 일입니다. 그뿐 아니라 소는 다만 배가 불러 올 뿐이지 별로 기운도 줄지 않고 앓지도 않는 고로,

"제기, 그냥 두어라. 며칠 더 기다리면 결말이 나겠지. 죽을 것 살려 주었는데 설마 나쁜 짓이야 하겠니."

소는 여전히 기운차게 구루마를 끌고 산이든 언덕이든 평지같이 달렸습니다.

그예 3월 그믐이 다가왔습니다.

돌쇠는 겨우 후——하고 한숨을 내쉬고 그 날 하루만은 황소를 편히 쉬게 했습니다. 그리고 이왕이니 오늘 하루만 더 도깨비를 두어 두기로 결심하고 소를 외양간에다 맨 후 맛있는 죽을 먹이고 자기는 일찍부터 자고 말았습니다.

이튿날 4월 초하룻날 첫 새벽입니다. 문득 돌쇠가 잠을 깨니까 외양간에서 쿵쾅쿵쾅하고 야단스런 소리가 났습니다. 돌쇠는 깜작 놀라 금방 잠이 깨어서 뛰쳐 일어났습니다.

소를 누가 훔쳐 가지나 않나 하는 근심에 돌쇠는 옷도 못 갈아 입고 맨발로 마당에 뛰어 내려 단숨에 외양간 앞까지 달음질쳤습니다. 그랬

더니 웬일인지 돌쇠의 황소는 외양간 속에서 이를 악물고 괴로워 못 견디겠다는 듯이 미친 것 모양으로 경중경중 뜁니다. 가엾게도 황소는 진땀을 잔뜩 흘리고 고개를 내저으며 기진맥진한 모양입니다.

돌쇠는 깜짝 놀라 미친 듯이 날뛰는 황소 고삐를 붙잡고 늘어졌습니다. 그러나 황소는 좀체로 진정치를 않고 더욱 힘을 내어 괴로운 듯이 날뜁니다.

"대체 이게 웬 영문이야."

할 수 없이 돌쇠는 소의 고삐를 놓고 한숨을 내쉬며 얼빠진 사람같이 그 자리에 우뚝 서고 말았습니다.

"돌쇠 아저씨, 돌쇠 아저씨."

그 때입니다. 어디서인지 자기를 부르는 소리를 돌쇠는 확실히 들었습니다. 돌쇠는 그 소리를 듣고 정신이 번쩍 나서 주위를 돌아보았습니다. 그러나 아무도 보이지는 않습니다. 그 때 또 어디서인지 나지막한 목소리가 들려 왔습니다.

"돌쇠 아저씨, 돌쇠 아저씨."

암만해도 그 소리는 황소 입 속에서 나오는 것 같았습니다. 그래서 돌쇠는 자세히 들으려고 소 입에다 귀를 갖다 대었습니다.

"돌쇠 아저씨, 저예요, 저를 모르세요?"

그 때에야 겨우 돌쇠는 그 목소리를 생각해 내었습니다.

"오 —— 너는 도깨비 새끼로구나. 날이 다 새었는데 왜 남의 소 뱃속에 입때 들어

효력 효과, 보람을 나타내는 말
그예 결국에는 그만
경중경중 긴 다리를 모으고 위로 솟구쳐 뛰어 가는 모양
기진맥진 기운이 다 빠져서 몸을 가눌 수 없을 정도
암만해도 아무래도

있니, 약속한 날짜가 지났으니 얼른 나와야 하지 않겠니.”

그랬더니 황소 속에서 도깨비 새끼는 대답했습니다.

“나가야 할 텐데 큰일났습니다. 돌쇠 아저씨 덕택에 두 달 동안 편히 쉰 건 참 고맙습니다만 매일 드러누워 아저씨가 주시는 맛있는 음식을 먹고 있다가 기한이 됐기에 나가려니까 그 동안에 굉장히 살이 쪘나 봐요. 소 모가지가 좁아서 빠져 나갈 수는 있지만 소가 아픈지 막 뛰고 발광을 하는구면요. 야단났습니다.”

돌쇠는 그 말을 듣고 기가 탁 막히고 말았습니다.

“그럼 어떡하면 좋단 말이냐. 그거 참 야단이로구나.”

돌쇠는 팔짱을 끼고 생각에 잠기고 말았습니다. 도깨비 새끼에게 황소 뱃속을 빌려 준 것을 크게 후회했지만 이제 와서 무슨 소용이 있겠습니까. 무엇보다도 소가 불쌍해서 돌쇠는 그만 눈물이 글썽글썽하고 금방 울음이 터질 것 같았습니다.

그 때 또 도깨비 새끼 목소리가 들려 나왔습니다.

“아, 돌쇠 아저씨 좋은 수가 있습니다. 어떻게든지 해서 이 소가 하품을 하도록 해 주십시오. 입을 딱 벌리고 하품을 할 때에 제가 얼른 뛰어 나가겠습니다. 그렇지 않으면 한평생 이 뱃속에서 살거나 또는 뱃가죽을 뚫고 나가는 수밖에 없습니다. 그 대신 하품만 하게 해 주시면 이 소의 힘을 지금보다 백 배나 더 세게 해 드리겠습니다.”

“옳다. 참 그렇구나. 그럼 내 하품을 하게 할 테니 가만히 기다려라.”

소가 살아날 수 있다는 생각에 돌쇠는 얼른 이렇게 대답은 했으나 가만히 생각해 보니 일은 딱합니다.

36

　대체 어떻게 해야 소가 하품을 하는지 도무지 알 수 없습니다. 그뿐 아니라 소가 하품하는 것을 돌쇠는 입때껏 한 번도 본 일이 없습니다. 그래서 함부로 옆구리도 찔러 보고 콧구멍에다 막대기도 꽂아 보고 간질러도 보고 콧등을 쓰다듬어 보기도 하고── 별별 꾀를 다 내나 소는 하품은커녕 귀찮은 듯이 몸을 피하고 도리질을 하고 한두어 번 연거푸 재채기를 했을 뿐입니다. 도무지 하품을 할 기색은 보이지 않습니다.

　그렇다고 이대로 두었다가는 도깨비 새끼가 뱃속에서 자꾸 자라서 저절로 배가 터지거나 그렇지 않으면 물어뜯기어 아까운 황소가 죽고 말 것입니다. 땅을 팔아서 산 황소요, 세상에 다시없는 애지중지하는 귀여운 황소가 그 꼴을 당한다면 그게 무슨 짝입니까. 돌쇠는 답답하고 분하고 슬퍼서 어쩔 줄을 모를 지경입니다.

　생각다 못해서 돌쇠는 옷을 갈아 입고 동네로 뛰어 내려왔습니다.

　“어떡하면 소가 하품하는지 아시는 분 있으면 제발 좀 가르쳐 주십시오.”

　동네로 내려온 돌쇠는 만나는 사람마다 붙잡고 이렇게 외치며 물었습니다마는 아무도 아는 사람은 없었습니다. 동네에서 제일 나이 많고 무엇이든지 안다는 노인조차 고개를 기울이고 대답을 하지 못했습니다.

　그렇게 얼마를 묻고 다니다가 결국 다시 빈손으로 돌쇠는 집으로 돌아오고 말았습니다. 인제는 모든 일이 다 틀렸구나 생각하니 앞이 캄캄하고 기가 탁

기한　약속한 때
모가지　‘목’을 낮추어 부르는 말
가만히 생각해 보니 일은 딱합니다　곰곰히 생각해 보니 방법이 없습니다
그게 무슨 짝입니까　얼마나 슬프고 황당한 일입니까
고개를 기울이고　알지 못하는 것을 생각해 내려고 머리를 한쪽으로 갸웃거리고

탁 막힙니다. 고개를 푹 숙이고 풀이 죽어서 길게 몇 번씩 한숨을 내쉬며 돌쇠는 외양간 앞으로 돌아와서 얼빠진 사람같이 황소의 얼굴을 쳐다보았습니다.

자기를 위해서 몇 해 동안 많이 돕고 애도 많이 쓴 귀여운 황소!

며칠 안 되어 뱃속에 있는 도깨비 새끼 때문에 뱃가죽이 터져서 죽고 말 귀여운 황소!

그것을 생각하니 사람이 죽는 것보다 지지 않게 불쌍하고 슬프고 원통합니다.

공연히 그 놈에게 속아서 황소 뱃속을 빌려 주었구나 하고 후회도 하여 보고 또 그렇게 미련한 자기 자신을 스스로 매질도 해 보고 —— 그러나 그것이 인제 와서 무슨 소용입니까. 얼마 안 있어 돌쇠의 둘도 없는 보배이던 황소는 죽고 말 것이요, 돌쇠 자신은 다시 외롭고 쓸쓸한 몸이 되리라는 그것만이 사실입니다.

참다못해서 돌쇠는 눈물을 흘리고 소리내어 울며 간신히 고개를 쳐들고 다시 한번 황소의 얼굴을 바라보았습니다. 황소도 자기의 신세를 깨달았는지 또는 돌쇠의 마음 속을 짐작했는지 무겁고 육중한 몸을 뒤흔들며 역시 슬픈 듯이 돌쇠의 얼굴을 바라보고 있습니다.

얼마 동안 그렇게 꼼짝 않고 돌쇠는 외양간 앞에 꼬부리고 앉아서 황소의 얼굴만 쳐다보고 있었습니다. 밥 먹을 생각도 없었습니다. 배도 고프지도 않았습니다. 다만 귀여운 황소와 이별하는 것이 슬펐습니다. 오정 때 가까이 되도록 돌쇠는 이렇게 황소의 얼굴만 쳐다보고 있었습니다. 그랬더니 차차 몸이 피곤해서 눈이 아프고 머리가 혼몽하고 졸려졌습니다. 그래서 그만 저도 모르는 사이에 입을 딱 벌리고 기다랗게 하품을 하고 말았습니다.

그 때입니다. 돌쇠가 하품을 하는 것을 본 황소도 따라서 기다란 하품을 하기 시작했습니다.

옆에 있는 사람이 하품을 하면 따라 하게 된다는 것에서 착안한 것이다. 주인공을 괴롭히던 어려운 문제가 이렇게 아주 쉽게 비현실적인 방법으로 해결되는 것이 동화가 가지고 있는 하나의 특징이다.

"옳다 됐다."

그것을 본 돌쇠가 껑충 뛰어 일어나며 좋아라고 손뼉을 칠 때입니다. 벌린 황소 입으로 살이 통통히 찐 도깨비 새끼가 깡충 뛰어나왔습니다.

"돌쇠 아저씨, 참 오랫동안 고맙습니다. 아저씨 덕택에 이렇게 살까지 쪘으니 아저씨 은혜가 참 백골난망입니다. 그 대신 아저씨 소가 지금보다 백 배나 기운이 세게 해 드리겠습니다."

　　도깨비 새끼는 돌쇠 앞에 엎드려 이렇게 말하고 나서 넙죽 절을 하더니 상처가 나은 꼬리를 저으며 두어 번 재주를 넘었습니다. 그러고 나서 어디로인지 없어지고 말았습니다.

　　그 때에야 돌쇠는 겨우 정신을 차렸습니다. 입때껏 일이 꿈인지 생시인지 잠깐 동안은 분간할 수 없었습니다. 그러다가 고개를 들어 홀쭉해진 황소의 배를 바라보고 처음으로 모든 것을 깨닫고 하하하하 큰 소리를 내어 웃었습니다. 그리고 귀여워 죽겠다는 듯이 황소의 등을 쓰다듬었습니다.

　　죽게 되었던 황소가 다시 살아났을 뿐 아니라 이튿날부터는 입때보다 백 배나 힘이 세어져서 세상 사람들을 놀라게 했습니다. 돌쇠는 더욱 부지런해져서 이른 아침부터 백 마력의 소를 몰며 '도깨비 아니라 귀신이라도 불쌍하거든 살려 주어야 하는 법이야.' 이렇게 속으로 중얼거리고 콧노래를 불렀습니다.

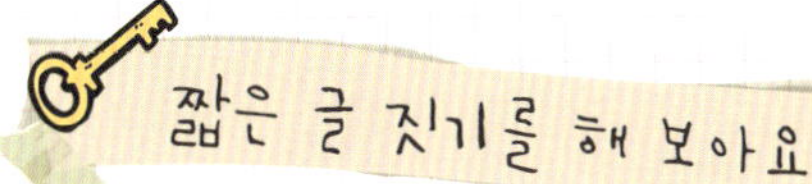

짧은 글 짓기를 해 보아요

1 혈혈단신

2 측은하다

3 겅중겅중

4 백골난망

5 콧노래

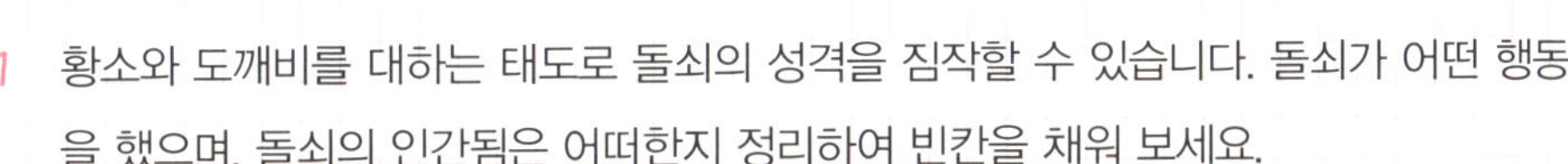

이해력을 길러요

1 황소와 도깨비를 대하는 태도로 돌쇠의 성격을 짐작할 수 있습니다. 돌쇠가 어떤 행동을 했으며, 돌쇠의 인간됨은 어떠한지 정리하여 빈칸을 채워 보세요.

황소에 대한 태도	도깨비에 대한 태도	돌쇠의 인간됨

2 도깨비는 왜 황소 뱃속으로 들어가야만 했을까요? 그 이유를 찾아 적어 봅시다.

3 도깨비는 돌쇠에게 무엇으로 은혜를 갚았나요?

사고력을 길러 보아요

1 돌쇠가 황소를 생각하는 마음이 어떤지 알 수 있는 구절을 찾아 보고, 돌쇠에게 황소가 어떤 존재인지 정리하여 말해 봅시다.

2 돌쇠의 게으른 성격이 부지런하게 변화한 직접적인 계기는 무엇인가요?

3 내가 만약 돌쇠라면, 도깨비가 황소 뱃속에서 나오지 못하고 있을 때 어떤 방법을 썼을까요? 각자 기발한 방법을 생각하여 써 봅시다.

논리력을 길러 보아요

1 황소가 하품을 하여 도깨비가 튀어나왔다는 결말이 읽는 이에게 어떤 감정을 불러일으키나요? 소설을 읽고 난 후의 감상을 정리해 봅시다.

2 내가 이 글을 지은 작가라면 '황소와 도깨비' 대신 어떤 제목을 붙일 수 있을까요? 주제를 드러낼 수 있는 제목을 지어 봅시다.

3 남을 불쌍히 여기고 도와주어야 하는 이유를 생각해 보고 논리적으로 써 보세요.

김유정 지음

김유정 선생님은 1908년 강원도 춘천에서 태어났습니다. 휘문고보를 거쳐 지금의 연세대학교인 연희전문학교에서 공부했답니다. 29세에 폐결핵으로 죽었기 때문에 소설을 썼던 기간은 3년에 불과하지만 좋은 작품을 많이 남긴 훌륭한 소설가입니다.

1932년 고향에서 야학 및 농우회 활동을 하였으며, 1935년 조선일보에 〈소낙비〉가 당선되면서 문학 활동을 시작했습니다. 농촌계몽활동의 경험이 바탕이 되어 김유정 선생님의 소설 중에는 농촌을 배경으로 한 것이 많습니다. 토속적인 이야기 속에는 농민들의 애환과 유머가 함께 녹아 있습니다.

〈동백꽃〉 외에 〈봄봄〉, 〈금 따는 콩밭〉 등의 작품이 있습니다. 〈봄봄〉은 이 책에 소개되어 있습니다.

　마름의 딸인 점순이는 울타리를 엮고 있던 소작농의 아들에게
다가가 삶은 감자를 내밀었습니다. 소년이 받아 주지 않자 점순이는 얼굴이
빨개져 눈물까지 흘렸지요. 그런 일이 있은 후로 점순이는 소년네 집의 닭
을 못살게 굴기 시작했습니다. 사람들만 없으면 자기네 수탉을 데리고 와서
싸움을 붙였던 것입니다.

　어느 날 소년은 나무를 하러 산으로 갔습니다. 그런데 점순이가 동백꽃이
피어 있는 바윗돌 틈에 앉아 또 닭싸움을 붙이고 있었습니다. 태평하게 앉아
서 호드기를 불며 구경하고 있는 것을 보고 소년은 화가 머리 끝까지 치솟았
습니다. 그는 달려가 점순이네 닭을 때렸는데 그만 한방에 죽고 말았어요.

　그러자 점순이가 마구 달려들어 화를 냈습니다. 그리고는 겁을 잔뜩 먹은
소년에게 다음부터 그러지 않으면 비밀로 해 주겠다고 했지요. 그는 무엇을
그러지 말라는 것인지도 모르는 채 고개를 끄덕였습니다.

　　소박한 농촌의 소년, 소녀가 사랑하는 과정을 재미있게 그린 소설입니다. 주인공 소년은 마름의 딸인 점순이와 어울릴 수 없다고 생각하는 소극적인 성격입니다. 또 이성에 눈뜨지 못한 미숙한 소년이기도 합니다.

　　그런 그에게 점순이가 적극적으로 애정을 표현하는데, 그는 점순이가 도대체 왜 그러는지 알 수가 없습니다. 그래서 아무렇지도 않게 점순이의 호의도 거절하고 말지요. 그 후에 점순이가 일부러 닭싸움을 붙이는데도 그저 화가 날 뿐 점순이의 속마음은 알아 채지 못합니다.

　　어리숙한 소년과 적극적인 시골 소녀가 엉뚱하게 사랑을 만들어 가는 것을 보세요. 점순이의 감정이 우리에게는 다 보이는데 주인공 소년은 아무것도 모르니 우습기만 합니다.

　　닭싸움으로 점점 높아지던 두 사람의 갈등은 점순이의 닭이 죽고 뒤이어 화해함으로써 모두 풀리고, 동백꽃 속에서 소년은 살짝 사랑의 짜릿함도 느끼게 된답니다.

　　〈동백꽃〉은 '나'라는 인물이 이야기를 들려 주고 있습니다. 이렇게 나의 입장에서 바라보는 소설을 '1인칭 소설'이라고 합니다. 이런 소설을 읽을 때는 바로 우리가 주인공 자신이 된 듯이 느낄 수 있습니다.

동백꽃

오늘도 또 우리 수탉이 막 쫓기었다. 내가 점심을 먹고 나무를 하러 가려고 나올 때였다. 산으로 올라서려니까 등뒤에서 푸드득 푸드득 하고 닭의 횃소리가 야단이다. 깜짝 놀라서 고개를 돌려 보니 아니나 다르랴, 두 놈이 또 얼리었다.

점순네 수탉(대가리가 크고 꼭 오소리같이 실팍하게 생긴 놈)이 덩치 작은 우리 수탉을 함부로 해내는 것이다. 그것도 그냥 해내는 것이 아니라 푸드득하고 면두를 쪼고 물러섰다가 좀 사이를 두고 푸드득하고 모가지를 쪼았다. 이렇게 멋을 부려 가며 여지없이 닦아 놓는다. 그러면 이 못생긴 것은 쪼일 적마다 주둥이로 땅을 받으며 그 비명이 킥, 킥, 할 뿐이다. 물론 미처 아물지도 않은 면두를 또 쪼이며 붉은 선혈은 뚝뚝 떨어진다. 이걸 가만히 내려다보자니 내 대가리가 터져서 피가 흐르는 것같이 두 눈에서 불이 번쩍 난다. 대뜸 지게 막대기를 메고 달려들어 점순네 닭을 후려칠까 하다가 생각을 고쳐 먹고 헛매질로 떼어만 놓았다.

이번에도 점순이가 쌈을 붙여 놨을 것이다. 바짝바짝 내 약을 올리느라고 그랬음에 틀림없을 것이다. 고놈의 계집애가 요새 들어서 왜 나를 못 먹겠다고 고렇게 아르릉거리는지 모른다.

나흘 전 감자 쪼간만 하더라도 나는 저에게 조금도 잘못한 것은 없다. 계집애가 나물을 캐러 가면 갔지 남 울타리 엮는 데 와서 쌩이질을 하는 것은 다 뭐냐. 그것도 발소리를 죽여 가지고 등뒤로 살며시 와서,

"얘! 너 혼자만 일하니?"

하고 긴치 않은 수작을 하는 것이다.

어제까지도 저와 나는 이야기도 잘 않고 서로 만나도 본체만체하고 이렇게 점잖게 지내던 터이련만 오늘로 갑작스레 대견해졌음은 웬일인가. 항차 망아지만한 계집애가 남 일하는 놈 보구…….

"그럼 혼자 하지, 떼로 하듸?"

내가 이렇게 내뱉는 소리를 하니까,

"너 일하기 좋니?"

또는,

"한여름이나 되거든 하지 벌써 울타리를 하니?"

잔소리를 두루 늘어놓다가 남이 들을까 봐 손으로 입을 틀어 막고는 그 속에서 깔깔댄다. 별로 우스울 것도 없는데 날씨가 풀리더니 이놈의 계집애가 미쳤나 하고 의심하였다. 게다

가 조금 뒤에는 제 집 쪽을 할금할금 돌아 보더니 행주치마의 속으로 꼈던 바른손을 뽑아서 나의 턱밑으로 불쑥 내미는 것이다. 언제 구웠는지 더운 김이 확 끼치는 굵은 감자 세 개가 손에 뿌듯이 쥐였다.

"느 집엔 이거 없지?"

하고 생색 있는 큰소리를 하고는 제가 준 것을 남이 알면 큰일날 테니 여기서 얼른 먹어 버리란다. 그리고 또 하는 소리가,

"너, 봄 감자가 맛있단다."

"난 감자 안 먹는다. 너나 먹어라."

나는 고개도 돌리지 않고 일하던 손으로 그 감자를 도로 어깨 너머로 쑥 밀어 버렸다. 그랬더니 그래도 가는 기색이 없고, 뿐만 아니라 쌔근쌔근하고 심상치 않게 숨소리가 점점 거칠어진다. 이건 또 뭐야 싶어서

그 때에야 비로소 돌아다보니 나는 참으로 놀랐다. 우리가 이 동네에 들어온 것은 근 삼 년째 되어 오지만 여태껏 가무잡잡한 점순이의 얼굴이 이렇게까지 홍당무처럼 새빨개진 적이 없었다. 게다가 눈에 독을 올리고 한참 나를 요렇게 쏘아 보더니 나중에는 눈물까지 어리는 것이 아니냐. 그리고 바구니를 다시 집어들더니 이를 꼭 악물고는 엎어질 듯 자빠질 듯 논둑으로 횡하게 달아나는 것이다.

어쩌다 동리 어른이,

"너 얼른 시집을 가야지?"

하고 웃으면,

"염려 마서유. 갈 때 되면 어련히 갈라구!"

이렇게 천연덕스레 받는 점순이었다. 본시 부끄럼을 타는 계집애도 아니거니와 또한 분하다고 눈에 눈물을 보일 얼병이도 아니다. 분하면 차라리 나의 등허리를 바구니로 한번 모질게 후려치고 달아날지언정.

그런데 고약한 그 꼴을 하고 가더니 그 뒤로는 나를 보면 잡아먹으려 기를 복복 쓰는 것이다.

설혹 주는 감자를 안 받아 먹는 것이 실례라 하면, 주면 그냥 주었지 '느 집엔 이거 없지?'는 다 뭐냐. 그러잖아도 저희는 마름이고 우리는 그 손에서 배재를 얻어 땅을 부치므로 일상 굽실거린다. 우리가 이 마을에 처음 들어와 집이 없어서 곤란하게 지낼 때 집터를 빌리고 그 위에 집을 또 짓도록 마련해 준 것도 점순네의 호의였다. 그리고 우리 어머니 아버지도

농사 때 양식이 딸리면 점순이네한테 가서 부지런히 꾸어다 먹으면서
인품 그런 집은 다시 없으리라고 침이 마르도록 칭찬하곤 하는 것이다.
그러면서도 열 일곱씩이나 된 것들이 수군수군하고 붙어 다니면 동네
의 소문이 사납다고 주의를 시켜 준 것도 또 어머니였다. 왜냐하면 내
가 점순이하고 일을 저질렀다가는 점순네가 노할 것이고, 그러면 우리
는 땅도 떨어지고 집도 내쫓기고 하지 않으면 안 되는 까닭이었다.

그런데 이 놈의 계집애가 까닭 없이 기를 복복 쓰며 나를 말려 죽이
려고 드는 것이다.

눈물을 흘리고 간 다음 날 저녁 나절이었다. 나무를 한 짐 잔뜩 지고
산을 내려오려니까 어디서 닭이 죽는 소리를 한다. 이거 뉘 집에서 닭
을 잡나, 하고 점순네 울 뒤로 돌아오다가 나는 그만 두 눈이 똥그래졌
다. 점순이가 저희 집 봉당에 홀로 걸터 앉았는데 이게 치마 앞에다 우
리 씨암탉을 꼭 붙들어 놓고는,

“이 놈의 닭! 죽어라, 죽어라.”

요렇게 암팡스레 패 주는 것이 아닌가. 그것도 대가리나 치면 모른다
마는 아주 알도 못 낳으라고 그 볼기짝께를 주먹으로 콕콕 쥐어박는 것
이다.

나는 눈에 쌍심지가 오르고 사지가 부르르 떨렸으나 사방을 한번 휘
둘러 보고야 그제서야 점순이 집에 아무도 없음을 알았다. 잡은 참 지
게 막대기를 들어 울타리의 중턱을 후려치며,

“이놈의 계집애! 남의 닭 알 못 낳으라고 그러니?
하고 소리를 빽 질렀다.

50

그러나 점순이는 조금도 놀라는 기색이 없고 그대로 의젓이 앉아서 제 닭 가지고 하듯이 또 죽어라, 죽어라, 하고 패는 것이다. 이걸 보면 내가 산에서 내려올 때를 겨냥해 가지고 미리부터 닭을 잡아 가지고 있다가 너 보라는 듯이 내 앞에서 줴지르고 있음이 확실하다.

그러나 나는 그렇다고 남의 집에 뛰어 들어가 계집애하고 싸울 수도 없는 노릇이고 형편이 썩 불리함을 알았다. 그래 닭이 맞을 적마다 지게 막대기로 울타리를 후려칠 수밖에 별 도리가 없다. 왜냐하면 울타리를 치면 칠수록 울섶이 물러앉으며 뼈대만 남기 때문이다. 허나 아무리 생각하여도 나만 밑지는 노릇이다.

"아, 이 년아! 남의 닭 아주 죽일 터이냐?"

내가 도끼눈을 뜨고 다시 꽥 호령을 하니까 그제서야 울타리께로 쪼르르 오더니 울 밖에 섰는 나의 머리를 겨누고 닭을 내팽개친다.

"예이, 더럽다! 더럽다!"

"더러운 걸 널더러 입때 끼고 있으랬니? 망할 계집애년 같으니!"

하고, 나도 더럽단 듯이 울타리께를 횡하니 돌아 내리며 약이 오를 대로 다 올랐다. 암탉이 풍기는 서슬이 나의 이마빼기에다 물지똥을 찍 갈겼는데 그걸 본다면 알집이 터졌을 뿐 아니라 골병은 단단히 든 듯싶다. 그리고 나의 등뒤를 향하여 나에게

만 들릴 듯 말 듯한 음성으로,

"이 바보 녀석아!"

"얘! 너 배냇병신이지?"

그만도 좋으련만,

봉당 건넌방 사이의 마루 놓을 자리를 흙으로 그대로 둔 곳
암팡스레 야무지고 다부지게
쌍심지가 오르고 몹시 화기 난 모양
줴지르고 주먹으로 힘껏 때리고
배냇병신 태어날 때부터 신체에 장애가 있는 사람을 업신여겨 이르는 말

"애! 너 느 아버지가 고자라지?"

"뭐, 울 아버지가 그래 고자야?"

할 양으로 열벙거지가 나서 고개를 홱 돌리어 바라봤더니 그 때까지 울타리 위로 나와 있어야 할 점순이의 대가리가 어디 갔는지 보이지를 않는다. 그러다 돌아 서서 오자면, 아까에 한 욕을 울 밖으로 또 퍼붓는 것이다. 욕을 이토록 먹어 가면서도 대거리 한마디 못하는 걸 생각하니 돌부리에 채이어 발톱 밑이 터지는 것도 모를 만큼 분하고 급기야는 두 눈에 눈물까지 불끈 내솟는다.

그러나 점순이의 침해는 이것뿐이 아니다.

사람들이 없으면 틈틈이 제 집 수탉을 몰고 와서 우리 수탉과 쌈을 붙여 놓는다. 제 집 수탉은 썩 험상궂게 생기고 쌈이라면 홰를 치는 고로 으레 이길 것을 알기 때문이다. 그래서 툭하면 우리 수탉이 면두며 눈깔이 피로 흐드르하게 되도록 해 놓는다. 어떤 때에는 우리 수탉이 나오지를 않으니까, 요 놈의 계집애가 모이를 쥐고 와서 꾀어 내다가 쌈을 붙인다.

이렇게 되면 나도 다른 방도를 차리지 않을 수 없었다. 하루는 우리 수탉을 붙들어 가지고 넌지시 장독께로 갔다. 쌈닭에게 고추장을 먹이면 병든 황소가 살모사를 먹고 용을 쓰는 것처럼 기운이 뻗친다 한다. 장독에서 고추장 한 접시를 떠서 닭 주둥아리께로 들여 밀고 먹여 보았다. 닭도 고추장에 맛을 들였는지 거스르지 않고 거의 반 접시나 곧잘 먹는다. 그리고 먹고 금시는 용을 못 쓸 터이므로 얼마쯤 기운이 돌도록 홰속에다 가두어 두었다.

밭에 두엄을 두어 짐 져 내고 나서 쉴 참에 그 닭을 안고 밖으로 나왔다. 마침 밖에는 아무도 없고 점순이만 저희 울 안에서 헌 옷을 뜯는지 혹은 솜을 터는지 웅크리고 앉아서 일을 할 뿐이다.

> **초등 필수 단어장**
>
> 고자 생식기가 불완전한 남자를 이르는 말
> 열벙거지 울화가 치밀어 답답한 기운
> 침해 침범하여 해를 끼침
> 쌈이라면 홰를 치는 고로 싸움이라면 날개를 푸드덕거리면서 좋아하기 때문에
> 두엄 풀, 짚 또는 가축의 배설물 따위를 썩힌 거름

나는 점순네 수탉이 노는 밭으로 가서 닭을 내려 놓고 가만히 맥을 보았다. 두 닭은 여전히 얼리어 쌈을 하는데 처음에는 아무 보람이 없었다. 멋지게 쪼는 바람에 우리 닭은 또 피를 흘리고 그러면서도 날갯죽지만 푸드득푸드득하고 올라 뛰고 뛰고 할 뿐으로, 제법 한번 쪼아 보지도 못한다.

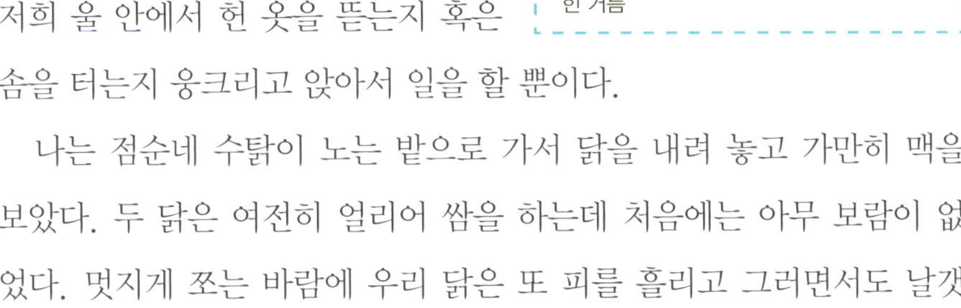

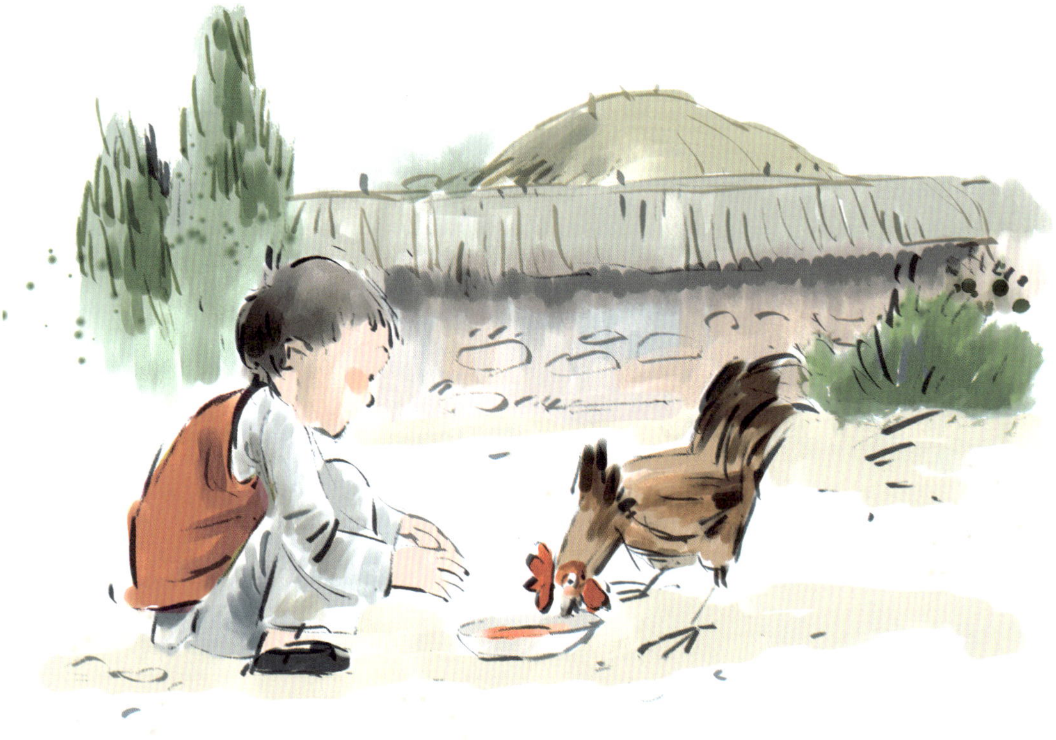

그러나 한번엔 어찐 일인지 용을 쓰고 펄쩍 뛰더니 발톱으로 눈을 하비고 내려오며 면두를 쪼았다. 큰 닭도 여기에는 놀랐는지 뒤로 멈칫하며 물러난다. 이 기회를 타서 작은 우리 수탉이 또 날쌔게 덤벼 들어 다시 면두를 쪼니 그제서 감때사나운 그 대가리에서도 피가 흐르지 않을 수 없다.

옳다 알았다, 고추장만 먹이면 되는구나 하고 나는 속으로 아주 쟁그러워 죽겠다. 그 때에는 뜻밖에 내가 닭쌈을 붙여 놓는 데 놀라서 울 밖으로 내다보고 섰던 점순이도 입맛이 쓴지 눈살을 찌푸렸다.

나는 두 손으로 볼기짝을 두드리며 연방,

"잘한다! 잘한다!"

하고, 신이 머리끝까지 뻗치었다.

그러나 얼마 되지 않아서 나는 넋이 풀리어 기둥같이 묵묵히 서 있게 되었다. 왜냐하면 큰 닭이 한번 쪼인 앙갚음으로 호들갑스레 연거푸 쪼는 서슬에 우리 수탉은 찔끔 못 하고 막 곯는다. 이걸 보고서 이번에는 점순이가 깔깔거리고 되도록 이 쪽에서 많이 들으라고 웃는 것이다.

나는 보다 못하여 덤벼 들어서 우리 수탉을 붙들어 가지고 도로 집으로 들어왔다. 고추장을 좀 더 먹였더라면 좋았을 걸, 너무 급하게 쌈을 붙인 것이 퍽 후회가 난다. 장독께로 돌아와서 다시 턱밑에 고추장을 들이댔다. 흥분으로 말미암아 그런지 당최 먹질 않는다.

나는 할 수 없이 닭을 반듯이 눕히고 그 입에다 궐련 물부리를 물리었다. 그리고 고추장 물을 타서 그 구멍으로 조금씩 들여 부었다. 닭은 좀 괴로운지 킥킥하고 재채기를 하는 모양이나 그러나 당장의 괴로움은 매일같이 피를 흘리는 데 댈 게 아니라 생각하였다.

그러나 한두어 종지 가량 고추장 물을 먹이고 나서는 나는 그만 풀이 죽었다. 싱싱하던 닭이 왜 그런지 고개를 살며시 뒤틀고는 손아귀에서 뻐드러지는 것이 아닌가. 아버지가 볼까 봐서 얼른 홰에다 감추어 두었더니 오늘 아침에서야 겨우 정신이 든 모양 같다.

그랬던 걸 이렇게 오다 보니까 또 쌈을 붙여 놓으니, 이 망할 계집애가 필연 우리 집에 아무도 없는 틈을 타서 제가 들어와 홰에서 꺼내 가지고 나간 것이 분명하다.

나는 다시 닭을 잡아다 가두고 염려는 스러우나 그렇다고 산으로 나무를 하러 가지 않을 수도 없는 형편이었다.

소나무 삭정이를 따며 가만히 생각해 보니 암만해도 고 년의 모가지를 돌려 놓고 싶다. 이번에 내려가면 망할 년 등줄기를 한번 되게 후려치겠다 하고 싱둥겅둥 나무를 지고는 부리나케 내려왔다.

거의 집에 다 내려와서 나는 호드기 소리를 듣고 발이 딱 멈추었다. 산기슭에 널려 있는 굵은 바윗돌 틈에 노란 동백꽃이 소보록하니 깔리었다. 그 틈에 끼어 앉아서 점순이가 청승맞게시리 호드기를 불고 있는 것이다. 그보다도 더 놀란 것은 고 앞에서 또 푸드득, 푸드득, 하고 들리는 닭의 횃소리다. 필연코 요 년이 나의 약을 올리느라고 또 닭을 집어 내다가 내가 내려올 길목에다 쌈을 시켜 놓고 저는 그

하비고 손톱이나 발톱 등으로 긁어서 파고
감때사나운 매우 억세고 사나운
쟁그러워 미워하는 상대가 잘못되는 것을 고소히 여김
궐련 종이로 말아 놓은 담배
물부리 담배를 끼고 빨 수 있게 만든 물건
삭정이 산 나무에 붙어 있는 말라 죽은 가지
싱둥겅둥 대충대충
호드기 봄철에 물 오른 버드나무 가지를 비틀어 뽑은 껍질이나 밀짚 토막으로 만든 피리

앞에 앉아서 천연스레 호드기를 불고 있음에 틀림없으리라.

나는 약이 오를 대로 올라서 두 눈에서 불과 함께 눈물이 퍽 쏟아졌다. 나뭇지게도 벗어 놓을 새 없이 그대로 내동댕이치고는 지게 막대기를 뻗치고 허둥허둥 달려들었다.

가까이 와 보니 과연 나의 짐작대로 우리 수탉이 피를 흘리고 거의 빈사 지경에 이르렀다. 닭도 닭이려니와 그러함에도 불구하고 눈 하나 깜짝 없이 고대로 앉아서 호드기만 부는 그 꼴에 더욱 치가 떨린다. 동네에서도 소문이 났거니와 나도 한때는 걱실걱실히 일 잘하고 얼굴 예쁜 계집애인 줄 알았더니 시방 보니까 그 눈깔이 꼭 여우 새끼 같다.

나는 대뜸 달려들어서 나도 모르는 사이에 큰 수탉을 한방에 때려 엎었다. 닭은 푹 엎어진 채 다리 하나 꼼짝 못 하고 그대로 죽어 버렸다.

점순이의 성격이 드러난 부분이다. 주인공도 전에는 점순이에게 호의를 가지고 있었음을 짐작할 수 있다. 다만 이성에 대한 관심이 아직 없어 점순이의 마음을 눈치 채지 못했을 뿐이다.

그리고 나는 멍하니 섰다가 점순이가 매섭게 눈을 흡뜨고 닥치는 바람에 뒤로 벌렁 나자빠졌다.

"이 놈아! 너 왜 남의 닭을 때려 죽이니?"

"그럼 어때?"

하고 일어나다가,

"뭐, 이 자식아! 누 집 닭인데?"

하고 복장을 떼미는 바람에 다시 벌렁 자빠졌다. 그러고 나서 가만히 생각을 하니 분하기도 하고 무안도 스럽고, 또 한편 일을 저질렀으니, 인젠 땅이 떨어지고 집도 내쫓기고 해야 될는지 모른다.

나는 비슬비슬 일어나며 소맷자락으로 눈을 가리고는, 얼김에 엉, 하고 울음을 놓았다. 그러나 점순이가 앞으로 다가와서,

"그럼, 너 이 담부터 안 그럴 테냐?"

하고 물을 때에야 비로소 살 길을 찾은 듯싶었다. 나는 눈물을 우선 씻고 뭘 안 그러는지 명색도 모르건만,

"그래!"

하고 무턱대고 대답하였다.

"요 담부터 또 그래 봐라, 내 자꾸 못살게 굴 테니."

"그래 그래, 이젠 안 그럴 테야!"

"닭 죽은 건 염려 마라. 내 안 이를 테니."

그리고 뭣에 떠다 밀렸는지 나의 어깨를 짚은 채 그대로 퍽 쓰러진다. 그 바람에 나의 몸뚱이도 겹쳐서 쓰러지며, 한창 피어 퍼드러진 노

점순이는 겉으로는 닭을 죽이지 말라는 뜻 같으나 실은 자기를 냉랭하게 대하지 말라는 뜻으로 한 말이다. 그러나 '나'는 무슨 뜻인지 깨닫지 못하고 있다.

란 동백꽃 속으로 폭 파묻혀 버렸다.

알싸한, 그리고 향긋한 그 냄새에 나는 땅이 꺼지는 듯이 온 정신이 그만 아찔하였다.

"너 말 마라!"

"그래!"

조금 있더니 요 아래서,

"점순아! 점순아! 이 년이 바느질을 하다 말고 어딜 갔어?"

하고 어딜 갔다 온 듯싶은 그 어머니가 역정이 대단히 났다.

점순이가 겁을 잔뜩 집어 먹고 꽃 밑을 살금살금 기어서 산 아래로 내려간 다음, 나는 바위를 끼고 엉금엉금 기어서 산 위로 치빼지 않을 수 없었다.

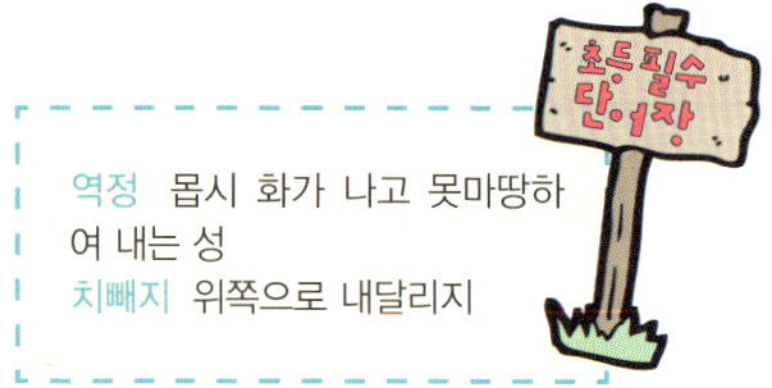

역정 몹시 화가 나고 못마땅하
여 내는 성
치빼지 위쪽으로 내달리지

짧은 글 짓기를 해 보아요

1 쌩이질

2 감때사납다

3 삭정이

4 호드기

5 걱실걱실

이해력을 길러요

1 이 소설 속에는 '나'와 점순이 사이에 갈등을 일으키는 대표적인 두 가지 소재가 있습니다. 다음 괄호 안에 채워 넣어 보세요.

점순이는 (   )를 나에게 주려고 했다. 그러나 '나'는 점순이의 호의를 거절했다. 점순이는 (   )을 가지고 나에게 싸움을 걸기 시작했다.

2 다음은 점순이와 '나'의 대화입니다. 그 안에 담긴 속마음을 상상하여 써 봅시다.

점순이 : 너 일하기 좋니? 느 집엔 이거 없지? 너, 봄 감자가 맛있단다.

나 : 난 감자 안 먹는다. 너나 먹어라.

3 점순이는 왜 자기 수탉과 '나'의 수탉을 싸우게 하였나요?

사고력을 길러 보아요

1 이 소설 속에 '나'의 생각은 직접 드러나지만, 점순이의 생각은 행동과 대화를 통해 짐작할 수밖에 없습니다. 다음 점순이의 행동에서 알 수 있는 것은 무엇일까요?

"얘! 너 혼자만 일하니?" 잔소리를 두루 늘어놓다가 남이 들을까 봐 손으로 입을 틀어 막고는 그 속에서 깔깔댄다.

→ (   )

여태껏 가무잡잡한 점순이의 얼굴이 이렇게까지 홍당무처럼 새빨개진 적이 없었다. 게다가 눈에 독을 올리고 한참 나를 요렇게 쏘아 보더니 나중에는 눈물까지 어리는 것이 아니냐.

→ (   )

2 '나'는 점순이가 자신을 괴롭힌다고만 생각하며 점순이의 본심을 끝까지 눈치 채지 못하고 있습니다. 여기서 드러나는 '나'의 성격은 어떠한가요?

논리력을 길러 보아요

1 다음 구절을 읽고 '나'와 점순이의 관계가 어떠한지 예상할 수 있습니다. 이를 바탕으로 '내'가 점순이의 호의를 오해한 이유를 설명해 봅시다.

설혹 주는 감자를 안 받아 먹는 것이 실례라 하면, 주면 그냥 주었지 '느 집엔 이거 없지?'는 다 뭐냐. 그러잖아도 저희는 마름이고 우리는 그 손에서 배재를 얻어 땅을 부치므로 일상 굽실거린다. 우리가 이 마을에 처음 들어와 집이 없어서 곤란하게 지낼 때 집터를 빌리고 그 위에 집을 또 짓도록 마련해 준 것도 점순네의 호의였다.

2 이 소설의 제목인 '동백꽃'이 등장하는 부분을 찾아 보고, 그것이 소설 속에서 어떤 분위기를 전달해 주는지 생각해 봅시다.

‹봄·봄›

김유정 지음

〈봄봄〉의 저자 김유정 선생님은 1908년 강원도 춘천에서 태어났습니다. 휘문고보를 거쳐 연희전문학교에서 공부했습니다. 29세에 폐결핵으로 죽었기 때문에 소설을 썼던 기간은 3년에 불과하지만 좋은 작품을 많이 남긴 훌륭한 소설가입니다.

1932년 고향에서 야학, 농우회 활동을 하였으며, 1935년 조선일보에 〈소낙비〉가 당선되면서 문학 활동을 시작했습니다. 농촌계몽 활동의 경험이 바탕이 되어 김유정 선생님의 소설 중에는 농촌을 배경으로 한 것이 많습니다. 토속적인 이야기 속에는 농민들의 애환과 유머가 함께 녹아 있습니다.

〈봄봄〉 외에 〈금 따는 콩밭〉, 〈동백꽃〉 등의 작품이 있습니다.

　　데릴사위를 살고 있는 청년이 있었습니다. 그는 왜 장인이 혼인을 시켜 주지 않는지 도무지 납득할 수가 없습니다. 장인어른은 딸의 키가 더 자라야 한다고 하지만, 이제 열여섯이 된 점순이의 키는 다 자란 것 같은데 말이지요. 딸 셋을 모두 데릴사위를 들여 돈 안 들이는 일꾼을 쓰자는 게 장인어른의 속셈이었습니다. 그러나 어리숙한 그는 3년 동안이나 묵묵히 일을 해 왔습니다. 그러나 점순이마저 자기를 바보 취급하는 데는 더 이상 참을 수가 없었습니다. 그리고 점순이도 은근히 결혼하고 싶어하는 눈치였습니다.

　　청년은 일을 안 하고 버텨 보았습니다. 그러자 장인어른이 와서 때리고 쿡쿡 찌르며 못살게 굴었습니다. 점순이가 자기를 응원할 거라는 생각에 그는 벌떡 일어나 장인어른의 수염을 잡아 채었습니다. 화가 난 장인어른이 그의 사타구니를 꽉 잡아 버렸습니다. 그도 엉금엉금 기어가 장인의 사타구니를 꽉 잡고 놓지 않았습니다.

　　그런데 그의 편을 들어 줄 것 같던 점순이가 울면서 오히려 그를 혼내는 것이었습니다. 그는 어리둥절해져서 점순이의 얼굴만 멍하니 바라보았답니다.

〈봄봄〉은 데릴사위로 들어간 청년과 결혼을 늦추는 장인어른 사이의 갈등을 유쾌하게 보여 주고 있습니다.

딸만 셋뿐인 장인은 농사일을 시키기 위해 첫째 딸부터 데릴사위를 들입니다. 남들은 하다가 그만둬 버리는데, 어리숙한 주인공은 장인이 결혼을 시켜 주기만 기다리고 있습니다. 점순이의 부추김에 힘을 얻어 장인에게 반항을 해 보지만 워낙에 순진한 주인공은 장인의 다독거림에 또 다시 열심히 일을 하기로 마음 먹지요.

이 소설의 주인공은 매우 어리숙한 인물로 그려져 있습니다. 그와 갈등하고 있는 장인도 밉지 않고, 둘이 갈등을 일으키는 이유도 독자에게는 재미있게 느껴질 뿐입니다. 등장인물의 우스꽝스러운 성격은 이 소설을 재미있게 만들어 주는 중요한 요인이 됩니다.

〈봄봄〉은 처음부터 끝까지 해학이 넘칩니다. 이런 재미와 웃음이 〈봄봄〉의 가장 큰 매력입니다.

〈봄봄〉은 시간 순서대로 구성되어 있지 않습니다. 장인의 다독거림을 받고 갈등이 풀리는 장면이 먼저 나오고 그 전의 갈등, 즉 장인과 주인공이 서로 사타구니를 붙들고 싸우는 장면이 소설의 끝부분을 장식하고 있습니다. 이렇게 구성된 소설을 읽을 때에는 시간 순서를 머릿속으로 헤아리며 읽어야 합니다.

봄봄

"장인님! 인제 저……."

내가 이렇게 뒤통수를 긁고, 나이가 찼으니 성례를 시켜 줘야 하지 않겠느냐고 하면 대답이 늘,

"이 자식아! 성례고 뭐고 더 자라야지!"

하고 만다.

이 자라야 한다는 것은 내가 아니라 내 아내가 될 점순이의 키 말이다. 내가 여기에 와서 돈 한푼 안 받고 일하기를 삼 년하고 꼬박 일곱 달 동안을 했다. 그런데도 미처 못 자랐다니까 이 키는 언제야 자라는 겐지 짜장 영문 모른다. 일을 좀 더 잘해야 한다든지, 혹은 밥을 많이 먹는다고 노상 걱정이니까 좀 덜 먹어야 한다든지 하면 나도 얼마든지 할 말이 많다. 하지만 점순이가 아직 어리니까 더 자라야 한다는 말에는 어찌해 볼 수 없이 그만 벙벙하고 만다.

64

　이래서 나는 애초 계약이 잘못된 걸 알았다. 이태면 이태, 삼 년이면 삼 년, 기한을 딱 작정하고 일을 해야 할 것이다. 덮어놓고 딸이 자라는 대로 성례를 시켜 주마 했으니 누가 늘 지키고 섰는 것도 아니고, 그 키가 언제 자라는지 알 수 있는가. 그리고 난 사람의 키가 무럭무럭 자라는 줄만 알았지 붙박이 키에 옆으로만 벌어지는 몸도 있는 것을 누가 알았으랴. 때가 되면 장인님이 어련하랴 싶어서 군소리 없이 꾸벅꾸벅 일만 해 왔다. 그럼 말이다. 장인님이 제가 다 알아 채서,

　"어참, 너 일 많이 했다. 그만 장가 들어라."

하고 살림도 내 주고 해야 나도 좋을 것이 아니냐. 시치미를 딱 떼고 도리어 그런 소리가 나올까 봐서 지레 펄펄 뛰고 이 야단이다. 명색이 좋아 데릴사위지 일하기에 싱겁기도 할 뿐더러 이건 참 아무것도 아니다. 숙맥이 그걸 모르고 점순이의 키 자라기만 까맣게 기다리지 않았나.

　언젠가는 하도 갑갑해서 자를 가지고 덤벼들어서 그 키를 한번 재 볼까, 했다마는 우리는 장인님이 내외를 해야 한다고 해서 마주 서 이야기도 한마디하는 법 없다. 우물길에서 언제나 마주칠 적이면 겨우 눈어림으로 재 보고 하는 것인데, 그럴 적마다 나는 저만침 가서

　"제 에미 키도!"

하고 논둑에다 침을 퉤, 뱉는다. 아무리 잘 봐야 내 겨드랑(다른 사람보다 좀 크긴 하지만) 밑에서 넘을락 말락 밤낮 요 모양이다.

성례　혼인 예식
짜장　정말로, 과연
이태　두 해
어련하랴 싶어서　알아서 성례를 시켜 줄 것이라 생각해서
지레　무슨 일이 채 되기 전에
숙맥　菽麥, 콩인지 보리인지 분간하지 못한다는 뜻으로 어리석고 못난 사람을 이르는 말
내외　남녀 사이에 얼굴을 마주하지 않고 피하는 것

개 돼지는 푹푹 크는데 왜 이리도 사람은 안 크는지, 한동안 머리가 아프도록 궁리도 해 보았다. 아하, 물동이를 자꾸 이니까 뼉다귀가 움츠라드나 보다, 하고 내가 넌즈시 그 물을 대신 길어도 주었다. 뿐만 아니라 나무를 하러 가면 서낭당에 돌을 올려 놓고,

　　"점순이의 키 좀 크게 해 줍소사. 그러면 담엔 떡 갖다놓고 고사드릴 테니까."

하고 치성도 한두 번 드린 것이 아니다. 어떻게 되먹은 킨지 이래도 막무가내니…….

그래 내 어저께 싸운 것이지 결코 장인님이 밉다든가 해서가 아니다.

　　모를 붓다가 가만히 생각을 해 보니까 또 싱겁다. 이 벼가 자라서 점순이가 먹고 좀 큰다면 모르지만 그렇지도 못한 걸 내 심어서 뭘 하는 거냐. 해마다 앞으로 축 불거지는 장인님의 아랫배(너무 먹는 걸 모르고 냉병이라나, 그 배)를 불리기 위하여는 조금도 심고 싶지 않다.

　　"아이구 배야!"

　　난 모를 붓다 말고 배를 쓰다듬으면서 그대로 논둑으로 기어 올랐다. 그리고 겨드랑에 꼈던 벼 담긴 키를 그냥 땅바닥에 털썩 떨어 치며 나도 털썩 주저앉았다. 일이 암만 바빠도 나 배 아프면 그만이니까. 아픈 사람이 누가 일을 하느냐. 파릇파릇 돋아 오른 풀 한 숲을 뜯어 들고 다리의 거머리를 쑥쑥 문대며 장인님의 얼굴을 쳐다보았다.

논 가운데서 장인님도 이상한 눈을 해 가지고 한참 날 노려 보더니,

"넌 이 자식, 왜 또 이래, 응?"

"배가 좀 아파서유!"

하고 풀 위에 슬며시 쓰러지니까 장인님은 약이 올랐다. 저도 논에서 철벙철벙 둑으로 올라오더니 잡은 참 내 멱살을 움켜 잡고 뺨을 치는 것이 아닌가.

"이 자식. 일하다 말면 누굴 망해 놓을 속셈이냐. 이 대가릴 까 놓을 자식!"

우리 장인님은 약이 오르면 이렇게 손버릇이 아주 못됐다. 또 사위에게 이 자식 저 자식하는 이 놈의 장인님은 어디 있느냐. 오죽해야 우리 동리에서 누구를 막론하고 그에게 욕을 안 먹는 사람은 명이 짧다 한다. 조그만 아이들까지도 돌아서면 욕필이(본 이름이 봉필이니까) 욕필이, 하고 손가락질을 할 만치 두루 인심을 잃었다. 허나 인심을 정말 잃었다면 욕보다 읍의 배 참봉 댁 마름으로 더 잃었다. 본디 마름이란 욕 잘하고, 사람 잘 치고, 그리고 생김 생기길 호박개 같아야 되는 거지만 장인님은 외양이 딱 됐다. 장인에게 닭 같은 걸 보내지 않는다든가 애벌논 맬 때 도와 주지 않는다든가 하면 그 해 가을에는 영락없이 땅이 뚝뚝 떨어진다. 그러면 미리부터 돈도 먹이고 술도 먹이고 안달재신으로 돌아 치던 놈이 그

서낭당 터를 지킨다는 신을 모신 당
치성 온갖 정성을 다함
키 곡식 따위를 까불러 쭉정이나 티끌을 골라 내는 도구
호박개 뼈대가 굵고 털이 북실북실한 개
애벌논 맨 처음 가는 논
안달재신 안달을 하며 미리부터 채신 없이 구는 짓

입이 험해서 욕을 먹기도 하지만, 그보다는 배 참봉의 마름으로 일하면서 가난한 소작농들을 못살게 굴어 더 인심을 잃었다는 뜻이다. 어리숙하고 성실한 주인공과 대조되는 장인어른의 인품을 엿볼 수 있다.

땅을 슬쩍 돌라안는다. 이 바람에 장인님 집 외양간에는 눈깔 커다란 황소 한 놈이 절로 엉금엉금 기어 들고, 동리 사람들은 그 욕을 다 먹어 가면서도 그래도 굽실굽실하는 게 아닌가.

그러나 내겐 장인님이 감히 큰소리할 계제가 못 된다.

뒷생각은 못 하고 뺨 한 개를 딱 때려 놓고는 장인님은 무색해서 덤덤히 쓴 침만 삼킨다. 난 그 속을 퍽 잘 안다. 조금 있으면 갈도 꺾어야 하고 모도 내야 하고, 한참 바쁜 때인데 나 일 안 하고 우리 집으로 그냥 가면 그만이니까.

작년 이맘때도 트집을 좀 하니까 늦잠 잔다고 돌멩이를 집어 던져서

자는 놈의 발목을 삐게 해 놨다. 사나흘씩이나 건숭 끙끙 앓았더니 나중에는 거의 울상이 되지 않았는가.

"얘, 그만 일어나 일 좀 해라. 그래야 올 가을에 벼 잘되면 너 장가 들지 않니."

그래 귀가 번쩍 뜨여서 그 날로 일어나서 남이 이틀 품 들일 논을 혼자 삶아 놓으니까 장인님도 눈깔이 커다랗게 놀랐다. 그럼 정말로 가을에 와서 혼인을 시켜 줘야 원 경우가 옳지 않겠나, 볏섬을 척척 들어 쌓아도 다른 소리는 없고 물동이를 이고 들어오는 점순이를 담배통으로 가리키며,

"이 자식아, 미처 커야지. 조걸 무슨 혼인을 한다고 그러니, 원!"
하고 남 낯짝만 붉혀 주고 그만이다. 홧김에 그저 이 놈의 장인님, 하고 댓돌에다 메꽂고 우리 고향으로 내뺄까 하다가 꾹꾹 참고 말았다. 참말이지 난 이 꼴 하고는 집으로 차마 못 간다. 장가를 들러 갔다가 오죽 못났어야 그대로 쫓겨 왔느냐고 손가락질을 받을 테니까…….

논둑에서 벌떡 일어나 한풀 죽은 장인님 앞으로 다가서며,

"난 갈 테야유. 그 동안 사경 계산해 줘유."

"너 사위로 왔지, 어디 머슴 살러 왔니?"

"그러면 얼른 성례를 해 줘야 안 하지유. 밤낮 부려만 먹고 해 준다, 해 준다…….'"

"글쎄, 내가 안 하는 거냐, 그 년이 안 크니까."
하고 어름어름 담배만 담으면서 늘 하는

돌라안는다 가로챈다
계제 어떤 일을 할 수 있게 된 형편이나 기회
갈 가래. 농사에 방해가 되는 풀
건숭 건성으로
사경 머슴이 주인에게서 한 해 동안 일한 대가로 받는 돈이나 물건

소리를 또 늘어놓는다.

이렇게 따져 나가면 언제든지 늘 나만 밑지고 만다. 이번엔 안 된다 하고 대뜸 구장님한테로 판단을 받으러 가자고 소맷자락을 내 끌었다.

"아, 이 자식이 왜 이래. 어른을."

안 간다고 뻗디디고 이렇게 호령은 제 맘대로 하지만 장인님 제가 내 기운은 못 당한다. 막 부려먹고 딸은 안 주고, 게다가 땅땅 치는 건 다 뭐야. 그러나 내 사실 참 장인님이 미워서 그런 것은 아니다.

그 전날, 왜 내가 새고개 맞은 봉우리 화전 밭을 혼자 갈고 있지 않았느냐. 밭가생이로 돌 적마다 야릇한 꽃내가 물컥물컥 코를 찌르고 머리 위에서 벌들은 가끔 붕, 붕, 소리를 친다. 바위틈에서 샘물 소리밖에 안 들리는 산골짜기니까 맑은 하늘의 봄볕은 이불 속같이 따스하고 꼭 꿈꾸는 것 같다. 나는 몸이 나른하고 몸살(병을 아직 모르지만)이 날려고 그러는지 가슴이 울렁울렁하고 이랬다.

"이러이! 말이! 맘 마 마……."

이렇게 노래를 하며 소를 부리면 여느 때 같으면 어깨가 으쓱으쓱한 다. 웬일인지 밭을 반도 갈지 않아서 온몸이 맥이 풀리고 대고 짜증만 난다. 공연히 소만 들입다 두들기며.

"안야! 안야! 이 망할 자식의 소(장인님의 소니까), 다리를 꺾어 줄라."

그러나 내 속은 정말 안야 때문이 아니라 점심을 이고 온 점순이의 키를 보고 울화가 났던 것이다.

점순이는 뭐 그리 썩 예쁜 계집애는 못 된다. 그렇다고 또 개떡이냐 하면 그런 것도 아니고, 꼭 내 아내가 돼야 할 만치 그저 툽툽하게 생긴

얼굴이다. 나보다 십 년이 아래니까 올해 열 여섯인데 몸은 남보다 두
살이나 덜 자랐다. 남은 잘도 훤칠히들 크건만 이건 위아래가 뭉툭한
것이 내 눈에는 하릴없이 감참외 같다. 참외 중에는 감참외가 제일 맛
좋고 예쁘니까 말이다. 둥글고 커다란 눈은 서글서글하니 좋고 좀 많이
찢어졌지만 입은 밥술이나 톡톡히 먹음직하니 좋다. 아따, 밥만 많이
먹게 되면 팔자는 고만 아니냐. 헌데 한 가지 결점이 있다면 가끔가다
몸이(장인님이 이걸 채신이 없이 들까분다고 하지만) 너무 빨리빨리 논
다. 그래서 밥을 나르다가 때없이 풀밭에서 깨빡을 쳐서 흙투성이 밥을
곧잘 먹인다. 안 먹으면 무안해할까 봐서 이걸 씹고 앉았노라면 으적으
적 소리만 나고 돌을 먹는 겐지 밥을 먹는 겐지…….

그러나 이 날은 웬일인지 성한 밥 그대로 밭머리에 곱게 내려 놓았
다. 그리고 또 내외를 해야 하니까 저만큼 떨어져 이 쪽으로 등을 향하
고 웅크리고 앉아서 그릇 나기를 기다린다.

내가 다 먹고 물러섰을 때, 그릇을 챙기는데 난 깜짝 놀라지 않았느
냐. 고개를 푹 숙이고 밥 함지에 그릇을 포개면서 날더러 들으라는지,
혹은 제 소린지,

"밤낮 일만 하다 말 텐가!"

하고 혼자서 쫑알거린다. 고대 잘 내외
하다가 이게 무슨 소린가, 하고 난 정
신이 얼떨떨했다. 그러면서도 한편 무
슨 좋은 수가 있나 없는가 싶어서 나도
공중을 대고 혼잣말로,

"그럼 어떡해?"

하니까,

"성례시켜 달라지 뭘 어떡해."

하고 되알지게 쏘아붙이고 얼굴이 빨개져서 산으로 그저 도망친다.

나는 잠시 동안 어떻게 되는 심판인지 맥을 몰라서 그 뒷모양만 덤덤히 바라보았다.

봄이 되면 온갖 초목이 물이 오르고 싹이 트고 한다. 사람도 아마 그런가 보다, 하고 며칠 내에 부쩍(속으로) 자란 듯싶은 점순이가 여간 반가운 것이 아니다. 이런 걸 멀쩡하게 아직 어리다고 하니까…….

우리가 구장님을 찾아갔을 때 그는 싸리문 밖에 있는 돼지 우리에서 죽을 퍼 주고 있었다. 서울엘 좀 갔다오더니 사람은 점잖아야 한다고 윗수염이(얼른 보면 지붕 위에 앉은 제비 꼬랑지 같다) 양쪽으로 뾰죽히 뻗치고 그걸 에헴, 하고 늘 쓰다듬는 손버릇이 있다.

우리를 멀뚱히 쳐다보고 미리 알아챘는지,

"왜 일들 하다 말고 그래?"

하더니 손을 올려서 그 에헴을 한번 후딱 했다.

"구장님! 우리 장인님과 첨에 계약하기를…….'

먼저 덤비는 장인님을 뒤로 떠다밀고 내가 허둥지둥 달려들다가 가만히 생각하고,

"아니 우리 빙장님과 처음에."

하고 첫번부터 다시 말을 고쳤다. 장인님은 빙장님, 해야 좋아하고 밖에 나와서 장

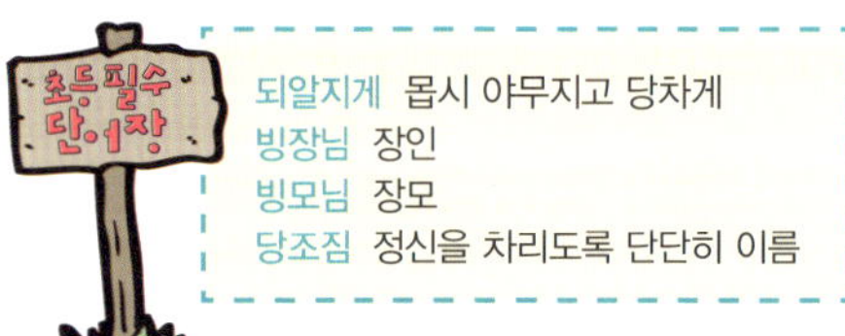

인님, 하면 괜시리 골을 내려고 든다. 뱀도 뱀이라고 하면 좋으냐고 창피스러우니 남 듣는 데는 제발 빙장님, 빙모님, 하라고 늘상 당조짐을 받아 오면서 난 그것도 자꾸 잊는다. 지금도 장인님, 하다 옆에서 내 발등을 꾹 밟고 곁눈질을 흘기는 바람에야 겨우 알았지만…….

구장님도 내 이야기를 자세히 듣더니 퍽 딱한 모양이었다. 하기야 구장님뿐만 아니라 누구든지 다 그럴 게다. 길게 길러 둔 새끼손톱으로 코를 후벼서 저리 탁 튀기며,

"그럼 봉필 씨! 얼른 성례를 시켜 주구려. 그렇게까지 제가 하고 싶다는 걸……."

하고 내 짐작대로 말했다. 그러나 이 말에 장인님이 삿대질로 눈을 부라리고,

"아, 성례고 뭐고 계집애년이 미처 자라야 할 게 아닌가?"

하니까 그만 멀쑤룩해져서 입맛만 쩍쩍 다실 뿐이 아닌가.

"그것도 그래!"

"그래, 거진 사 년 동안에도 안 자랐더니 그 키는 은제 자라지유? 다 그만두고 사정이나 줘유……."

"글쎄, 이 자식아! 내가 크질 말라고 그랬니. 왜 날 보고 떼냐?"

"빙모님은 참새만한 것이, 그럼 어떻게 앨 낳지유(사실 장모님은 점순이보다도 귓때기 하나가 작다)?"

장인님은 이 말을 듣고 껄껄 웃더니(그러나 암만 해도 돌 씹은 상이다) 코를 푸는 척하고 날 은근히 곯리려고 팔꿈치로 옆 갈비께를 퍽 치는 것이다. 더럽다. 나도 종아리의 파리를 쫓는 척하고 허리를 구부리며 그

궁둥이를 꽉 떼밀었다. 장인님은 앞으로 우줄근하고 싸리문께로 쓰러질 듯하다 몸을 바로 고치더니 눈총을 몹시 쏘았다. 이런 망할 자식, 하곤 싶으나 남의 앞이라 차마 못하고 섰는 그 꼴이 보기에 퍽 쟁그러웠다.

그러나 이 밖에는 별반 신통한 결론을 얻지 못하고 도로 논으로 돌아와서 모를 부었다. 왜냐면 장인님이 뭐라고 귓속말로 수군수군하고 간 뒤다. 구장님이 날 위해서 조용히 데리고 아래와 같이 일러 주었기 때문이다(뭉태의 말은 구장님이 장인님에게 땅 두 마지기 얻어 부치니까 그래 꾀었다고 하지만 난 그렇게 생각 않는다).

"자네 말도 하기야 옳지. 암, 나이 찼으니 아들이 급하다는 게 잘못된 말은 아니야. 하지만 농사가 한창 바쁜 때 일을 안 한다든가 집으로 달아난다든가 하면 손해죄로 징역을 가거든!(여기에 그만 정신이 번쩍 났다) 왜 요전에 삼포말서 산에 불 좀 놓았다고 징역 간 거 못 봤나. 제 산에 불을 놓아도 징역을 가는 이 땐데 남의 농사를 버려 두니 죄가 얼마나 더 중한가. 그리고 자넨 정장을(사경 받으러 정장 가겠다 했다) 간대지만 그러면 괜스리 죄를 들쓰고 들어가는 걸세. 또 결혼도 그렇지. 법률에 성년이란 게 있는데 스물 하나가 돼야지 비로소 결혼을 할 수가 있는 걸세. 자넨 물론 아들이 늦을 걸 염려하지만 점순이로 말하면 이제 겨우 열 여섯이 아닌가. 그렇지만 아까 빙장님의 말씀이 올 가을에는 열 일을 제치고라도 성례를 시켜 주겠다 하시니 좀 고마울 겐가. 빨리 가서 모 붓던 거나 마저 붓게. 군소리 말고 어서 가."

그래서 오늘 아침까지 끽소리없이 왔다.

장인님과 내가 싸운 것은 지금 생각하면 전혀 뜻밖의 일이라 안 할

수 없다. 장인님으로 말하면 요즈막 소작인들에게 행세를 좀 하고 싶다고 해서,

"돈 있으면 양반이지 별게 있느냐!"

하고 일부러 아랫배를 쑥 내밀고 걸음도 뒤틀리게 걷고 하는 이 판이다. 이까짓 나쯤 두들기다 남의 땅을 가지고 모처럼 닦아 놓았던 가문을 망친다든가 할 어른이 아니다. 또 나로 논할 것 같으면 아무쪼록 잘 봬서 점순이에게 얼른 장가를 들어야 하지 않느냐…….

이렇게 말하자면 결국 어젯밤 뭉태네 집에 마슬 간 것이 썩 나빴다. 낮에 구장님 앞에서 장인님과 내가 싸운 것을 어떻게 알았는지 대놓고 빈정거리는 것이 아닌가.

"그렇게 맞고도 그걸 가만 둬?"

"그럼 어떡하니?"

"인마, 봉필일 모판에다 거꾸로 박아 놓지 뭘 어떡해?"

하고 괜히 내 대신 화를 내가지고 주먹질을 하다 등잔까지 쳤다. 놈이 원래 괄괄은 하지만 그래 놓고 날더러 석유 값을 물라고 막 지다우를 붙는다. 난 어안이 벙벙해서 잠자코 앉았으니까 저만 연방 지껄이는 소리가,

"밤낮 일만 해 주고 있을 테냐?"

"영득이는 일 년을 살고도 장갈 들었는데 넌 사 년이나 살고도 더 살아야 해?"

"네가 세 번째 사윈 줄이나 아니?

쟁그러웠다 보거나 만지기에 불쾌할 만큼 흉했다
징역 교도소에 가두고 노동을 하게 하는 벌
정장 관청에 고소장을 냄
마슬 간 '마슬'은 '이웃'의 사투리이다. 즉 '마슬 가다'는 이웃에 놀러 감을 말한다.
지다우를 붙는다 자기 허물을 남에게 덮어씌운다

세 번째 사위."

"남의 일이라도 분하다. 이 자식아, 우물에 가 빠져 죽어."

나중에는 손톱으로 목을 따라고까지 하고, 제 아들같이 함부로 윽박질렀다. 별의별 소리를 다 해서 그대로 옮길 수는 없으나 그 줄거리는 이렇다.

우리 장인님 딸이 셋이 있는데 맏딸은 재작년 가을에 시집을 갔다. 정말은 시집을 간 것이 아니라 그 딸도 데릴사위를 해 가지고 있다가 내보냈다. 그런데 딸이 열 살 때부터 열 아홉, 즉 십 년 동안에 데릴사위를 갈아 들이기를, 동리에선 사위 부자라고 이름이 났지마는 열 놈이란 참 너무 많다. 장인님이 아들은 없고 딸만 있는 고로 그 다음 딸을 데릴사위를 해 올 때까지는 부려먹지 않으면 안 된다. 물론 머슴을 두면 좋지만 그건 돈이 드니까, 일 잘하는 놈을 고르느라고 연방 바꿔 들였다. 또 한편 놈들이 욕만 줄창 퍼붓고 심히도 부려먹으니까 밸이 상해서 달아나기도 했겠지. 점순이는 둘째 딸인데 내가 이를테면 그 세 번째 데릴사위로 들어온 셈이다. 내 다음으로 네 번째 놈이 들어올 것을 내가 일도 잘하고 그리고 사람이 좀 어수룩하니까 장인님이 잔뜩 붙들고 놓질 않는다. 셋째 딸이 인제 여섯 살, 적어도 열 살은 돼야 데릴사위를 할 테므로 그 동안은 죽도록 부려먹어야 된다. 그러니 인제는 속 좀 채리고 장가를 들여 달라고 떼를 쓰고 나자빠져라, 이것이다.

나는 겉으로 엉, 엉, 하며 귓등으로 들었다. 뭉태는 땅을 얻어 부치다가 떨어진 뒤로는 장인님만 보면 공연히 못 먹어서 으릉거린다. 그것도 장인님이 저 달라고 할 적에 제 집에서 위한다는 그 감투(예전에 원님이 쓰던 것이라나, 옆구리에 뽕뽕 좀먹은 걸레)를 선뜻 주었더라면 그럴 리도 없었던 걸······.

무태가 땅을 얻어 밭을 갈다가 마름의 눈 밖에 나 땅을 떼인 소작인이라는 것을 알 수 있다.

그러나 나는 뭉태란 놈의 말을 완전히 곧이듣지 않았다. 만약 곧이들었다면 간밤에 와서 장인님과 싸웠지 무사히 있었을 리가 없지 않은가. 그러니 딸에게까지 인심을 잃은 장인님이 혼자 나빴다.

정말이지 나는 점순이가 아침 상을 가지고 나올 때까지는 오늘은 또 얼마나 밥을 담았나, 하고 이것만 생각했다. 상에는 된장찌개하고 간장 한 종지, 조밥 한 그릇, 그리고 밥보다 더 수부룩하게 담은 산나물이 한 대접, 이렇다. 나물은 점순이가 틈틈이 해 오니까 두 대접이고 네 대접이고 멋대로 먹어도 좋으나 밥은 장인님이 한 사발 외엔 더 주지 말라고 해서 안 된다. 그런데 점순이가 그 상을 내 앞에 내려 놓으며 제 말로 지껄이는 소리가,

"구장님한테 갔다 그냥 온담 그래!"

하고 엊그제 산에서와 같이 되우 쫑알거린다. 딴은 내가 더 단단히 덤비지 않고 만 것이 좀 어리석었다. 속으로 그랬다, 나도 저 쪽 벽을 향하여 외면하면서 내 말로,

"안 된다는 걸, 그럼 어떡한담!"

하니까,

"수염을 잡아 채지. 그냥 뒈, 이 바보야!"

하고 또 얼굴이 빨개지면서 성을 내며 안으로 샐쭉하니 뛰어 들어가지 않느냐.

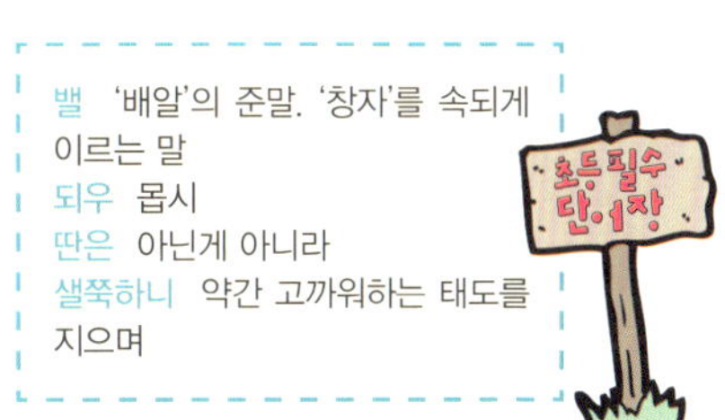

이 때 아무도 본 사람이 없었기에 망정이지 보았다면 내 얼굴이 에미 잃은 황새 새끼처럼 가여웁다, 했을 것이다.

사실 이 때만치 슬펐던 일이 또 있었는지 모른다. 다른 사람은 암만 못생겼다 해도 괜찮지만 내 아내 될 점순이가 병신으로 본다면 참 신세는 따분하다. 밥을 먹은 뒤 지게를 지고 일터로 가려 하다 도로 벗어 던지고 바깥마당 공석 위에 드러누워서 나는 차라리 죽느니만 같지 못하다 생각했다.

내가 일 안 하면 장인님 저는 나이가 먹어 못 하고 결국 농사 못 짓고 만다. 뒷짐으로 트림을 꿀꺽 하고 대문 밖으로 나오다 날 보고서,

“이 자식, 왜 또 이러니.”

“관격이 났어유. 아이구 배야!”

“기껏 밥 처먹고 무슨 관격이야. 남의 농사 버리면 이 자식아, 징역 간다, 봐라!”

“가도 좋아유. 아이구 배야!”

참말 난 일 안 해서 징역 가도 좋다 생각했다. 나중에 아들을 낳아도 그 앞에서 바보, 바보, 이렇게 별명을 들을 테니까 오늘은 열 쪽이 난대도 결정을 내고 싶었다.

장인님이 일어나라고 해도 내가 안 일어나니까 눈에 독이 올라서 저편으로 횡하니 가더니 지게 막대기를 들고 왔다. 그리고 그걸로 내 허리를 마치 돌 떠 넘기듯이 쿡 찍어서 넘기고 넘기고 했다.

밥을 잔뜩 먹어 딱딱한 배가 그럴 적마다 퉁겨지면서 뱃창이 꼿꼿한 것이 여간 켕기지 않았다. 그래도 안 일어나니까 이번에는 배를 지게

막대기로 위에서 쿡쿡 찌르고 발길로 옆구리를 차고 했다. 장인님은 원체 심청이 궂어서 그러지만, 나도 저만 못하지 않게 배를 채었다. 아픈 것을 눈을 꽉 감고 넌 해라 난 재밌단 듯이 있었으나 볼기짝을 후려 갈길 적에는 나도 모르는 결에 벌떡 일어나서 그 수염을 잡아 챘다. 그러나 내 골이 난 것이 아니라 정말은 아까부터 벽 뒤 울타리 구멍으로 점순이가 우리들의 꼴을 몰래 엿보고 있었기 때문이다.

가뜩이나 말 한마디 톡톡히 못 한다고 바보라는데 매까지 잠자코 맞는 걸 보면 짜장 바보로 알 게 아닌가. 또 점순이도 미워하는 이까짓 놈의 장인님하곤 아무것도 안 되니까 막 때려도 좋지만 사정 보아서 수염만 채고 (제 원대로 했으니까 이 때 점순이는 퍽 기뻤겠지) 저기까지 잘 들리도록

"이걸 까셀라보다!"

하고 소리를 쳤다.

장인님은 더 약이 바짝 올라서 잡은 참 지게 막대기로 내 어깨를 그냥 내려 갈겼다. 정신이 다 아찔하다. 다시 고개를 들었을 때 그때엔 나도 온몸에 약이 올랐다. 이 녀석의 장인님을, 하고 눈에서 불이 퍽 나서 그 아래 밭 있는 넝 아래로 그대로 떠밀어 굴려 버렸다.

"부려만 먹고 왜 성례 안 하지유!"

나는 이렇게 호령했다. 하지만 장인님이 선뜻 오냐 내일이라도 성례시켜 주마, 했으면 나도 성가신 걸 그만두었을지 모른다. 나야 이러면 때린 건 아니니까 나중에 장인 쳤다는 누명도 안

공석 벼를 담지 않은 빈 섬
관격 갑자기 체하여 가슴이 막히고 정신을 잃는 병
뱃창 창자
심청 온당하지 못하고 고집스러운 마음
결 사이. 때
까셀라보다 까실를라보다. '까실르다'는 '그슬리다'의 사투리
넝 '낭'의 사투리. 낭떠러지.

들을 터이고 얼마든지 해도 좋다.

한번은 장인님이 헐떡헐떡 기어서 올라오더니 내 바짓가랭이를 요렇게 노리고서 단박 움켜 잡고 매달렸다. 악, 소리를 치고 나는 그만 세상이 다 팽그르 도는 것이,

"빙장님! 빙장님! 빙장님!"

"이 자식! 잡아 먹어라, 잡아 먹어!"

"아! 아! 할아버지! 살려 줍쇼, 할아버지!"

하고 두 팔을 허둥지둥 내저을 적에 이마에 진땀이 쭉 내솟고 인젠 참으로 죽나 보다 했다. 그래도 장인님은 놓질 않더니 내가 기어이 땅바닥에 쓰러져서 거진 까무라치게 되니까 놓는다. 더럽다, 더럽다. 이게 장인님인가? 나는 한참을 못 일어나고 쩔쩔맸다. 그러나 얼굴을 드니 (눈엔 참 아무것도 보이지 않았다) 사지가 부르르 떨리면서 나도 엉금엉금 기어가 장인님의 바짓가랭이를 꽉 움키고 잡아 낚았다.

내가 머리가 터지도록 매를 얻어맞은 것이 이 때문이다. 그러나 여기가 또한 우리 장인님이 유달리 착한 곳이다. 여느 사람이면 사경을 주어서라도 당장 내쫓았지, 터진 머리를 불솜으로 손수 지져 주고, 호주머니에 희연 한 봉을 넣어 주고 그리고,

"올 가을엔 꼭 성례를 시켜 주마. 암말 말고 가서 뒷골의 콩밭이나 얼른 갈아라."

하고 등을 뚜덕여 줄 사람이 누구냐. 나는 장인님이 너무나 고마워서 어느덧 눈물까지 났다. 점순이를 남기고 인젠 내쫓기려니 하다 뜻밖의 말을 듣고,

"빙장님! 인제 다시는 안 그러겠어유!"

이렇게 맹세를 하며 부랴부랴 지게를 지고 일터로 갔다.

그러나 이 때는 그걸 모르고 장인님을 원수로만 여겨서 잔뜩 잡아당겼다.

"아! 아! 이 놈아! 놔라, 놔."

장인님은 헛손질을 하며 솔개미에 채인 닭의 소리를 연해 질렀다. 놓긴 왜, 이왕이면 호되게 혼을 내 주리라 생각하고 짓궂게 더 댕겼다. 그렇지만 장인님이 땅에 쓰러져서 눈에 눈물이 피잉 도는 것을 보고 좀 겁도 났다.

"할아버지! 놔라, 놔, 놔, 놔, 놔라."

그래도 안 되니까,

"애, 점순아! 점순아!"

이 악장에 안에 있었던 장모님과 점순이가 헐레벌떡하고 단숨에 뛰어 나왔다. 나의 생각에 장모님은 제 남편이니까 역성을 할는지도 모른다. 그러나 점순이는 내 편을 들어서 속으로 고소해하겠지……. 그런데 대체 이게 웬 속인지(지금까지도 난 영문을 모른다) 아버질 혼내 주기는 제가 하라고 해 놓고 이제 와서는 달겨들며,

"에그머니! 이 망할 게 아버지 죽이네!"

하고, 귀를 뒤로 잡아댕기며 마냥 우는 것이 아니냐. 그만 여기에 기운이 탁 꺾이어 나는 얼빠진 등신이 되고 말았다. 장모님도 덤벼 들어 한 쪽 귀마저 뒤로 잡아 채면서 또 우는 것이다.

결혼시켜 달라고 충동질할 때는 언제고 이제 와서는 또 자기를 탓하는 점순이의 행동에 영문을 모르고 기운을 잃은 '나'

이렇게 꼼짝도 못 하게 해 놓고 장인님은 지게 막대기를 들어서 사뭇 내려 조겼다. 그러나 나는 구태여 피하려 하지도 않고 암만해도 그 속을 알 수 없는 점순이의 얼굴만 멀거니 들여다보았다.

"이 자식! 장인 입에서 할아버지 소리가 나오도록 해?"

짧은 글 짓기를 해 보아요

1 짜장

2 지레

3 계제

4 툽툽하다

5 샐쭉하다

이해력을 길러요

1 '나'는 점순이와 혼인하기 위해 장인어른의 집에서 얼마 동안 데릴사위로 일을 했나요?

2 장인어른이 '나'와 점순이의 혼인을 미루는 이유는 무엇인가요?

- 장인어른이 말하는 이유

- 혼인을 미루는 진짜 이유

3 점순이의 외모와 성격은 어떻게 묘사되고 있는지 찾아 보세요.

- 점순이의 외모

- 점순이의 성격

사고력을 길러 보아요

1. 장인어른이 땅을 빌려 농사를 짓는 사람들에게 어떤 행동을 했나요? 그런 행동으로 미루어 보아 장인어른의 인간됨은 어떠한가요?

2. 다음은 '나'와 장인어른인 한바탕 싸운 후 화해하는 부분입니다. 다음을 읽고 '나'의 성격이 어떠한지 말해 봅시다.

   "올 가을엔 꼭 성례를 시켜 주마. 암말 말고 가서 뒷골의 콩밭이나 얼른 갈아라." 하고 등을 뚜덕여 줄 사람이 누구냐. 나는 장인님이 너무나 고마워서 어느덧 눈물까지 났다. "빙장님! 인제 다시는 안 그러겠어유!"

3. '내'가 장인어른의 수염을 과감하게 낚아채는 데 결정적인 계기가 된 것은 무엇인가요?

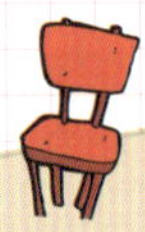

논리력을 길러 보아요

1. '나'와 장인어른 사이의 갈등은 실은 매우 심각한 문제일 수 있으나 이 소설 속에서는 우스꽝스럽게 표현되고 있습니다. 이러한 '해학적'인 문학작품이 주는 장점은 무엇일까요?

2. 이 소설 속에는 사투리나 비속어가 많이 등장합니다. 소설 속에서 이러한 언어를 사용하는 이유는 무엇일까요?

3. 다음 구절을 바탕으로 장인어른과 동네 사람들의 행동을 비판하는 글을 써 보세요.

   장인에게 닭 같은 걸 보내지 않는다든가 애벌논 맬 때 도와 주지 않는다든가 하면 그 해 가을에는 영락없이 땅이 뚝뚝 떨어진다. 그러면 미리부터 돈도 먹이고 술도 먹이고 안달재신으로 돌아 치던 놈이 그 땅을 슬쩍 돌라앉는다. 이 바람에 장인님 집 외양간에는 눈깔 커다란 황소 한 놈이 절로 엉금엉금 기어 들고, 동리 사람들은 그 욕을 다 먹어 가면서도 그래도 굽실굽실하는 게 아닌가.

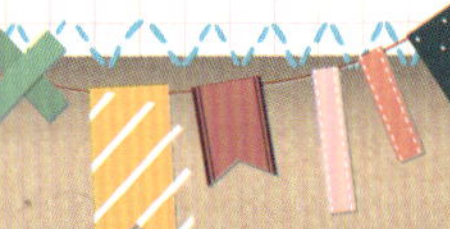

《메밀꽃 필 무렵》

이효석 지음

이효석 선생님은 1907년 강원도 평창에서 태어나 경성제국대학 영문과를 졸업했습니다. 1928년 〈조선지광〉에 〈도시와 유령〉을 발표하며 소설가의 길을 걷게 되었습니다.

처음에는 동반 작가의 특성을 보이다가 후에는 향토적인 소설로, 그리고 자연적이고 서정적인 소설로 그 성향이 바뀌어 갔습니다. 동반 작가란 직접 공산주의 혁명에 참여하지는 않지만 작품 속에서 동조하는 성격을 보이는 작가를 말합니다.

1936년에 발표한 〈메밀꽃 필 무렵〉은 이효석 선생님의 대표작입니다. 서정적이고 아름다운 이 단편소설은 한국의 대표적인 단편 걸작으로 꼽히기도 합니다. 그 외에 향토색이 짙은 〈돈〉, 〈수탉〉, 자연과의 교감이 드러나는 〈들〉, 〈산〉, 서구적인 색채가 짙은 〈장미 병들다〉 등의 작품이 있습니다.

　　　　허 생원은 이 마을 저 마을의 장을 돌며 장사를 하는 장돌뱅이입니다. 이번 장에서 허 생원은 동이라는 총각을 만나게 되어 다음 장터로 가는 길에 동행을 하게 되었답니다.

　　고즈넉한 달밤에, 흐드러지게 피어 있는 메밀꽃밭을 지나게 되자 허 생원은 마음 속에 품고 사는 오래 전의 사랑 이야기를 또 다시 들려 줍니다.

　　메밀꽃이 피어 있는 어느 밤에, 목욕을 하러 개울가에 갔던 허 생원은 물레방앗간에서 혼자 울고 있는 성 서방의 딸을 만나 사랑을 나누었던 것입니다. 그런데 다음 날 성서방네 식구가 빚쟁이를 피해 제천으로 도망 갔다는 소식만 듣게 되고 다시는 만날 수 없었습니다.

　　하룻밤의 사랑이었지만 허 생원에게는 평생 동안 마음에 남은 추억이 되었답니다. 성 처녀는 장터를 돌며 사는 고단한 그의 생활에 단 하나의 마음의 위안이었습니다.

　　같이 길을 가던 청년, 동이에게서 어머니의 이야기를 듣다가 허 생원은 그의 어머니가 바로 성 처녀가 아닐까 생각합니다. 게다가 동이는 허 생원과 똑같이 왼손잡이였습니다. 허 생원은 동이와 함께 제천으로 가서 동이의 어머니를 만나기로 결심합니다.

1936년에 발표된 〈메밀꽃 필 무렵〉은 한편의 시와 같은 느낌을 주는 소설입니다. 한 장돌뱅이의 삶이 달빛과 메밀꽃밭을 배경으로 펼쳐집니다.

허 생원의 사랑 이야기와 그 배경이 되어 주는 하얀 메밀꽃밭을 상상해 보세요. 그리고 우리가 경험하지 못했던 옛날 장돌뱅이들의 이리저리 떠도는 삶을 함께 느껴 보세요. 그들은 이 마을, 저 마을로 옮겨 다니며 장터에서 물건을 팔아 생계를 이어 갔답니다.

허 생원은 의지할 집도 의지할 사람도 없는 외로운 장돌뱅이입니다. 그러나 다음 장터로 이동하는 그를 가만히 지켜보는 달빛, 흐드러지게 피어 있는 메밀꽃밭, 메밀꽃과 함께 평생 기억되는 사랑만은 마치 한폭의 그림 같이 아름답습니다. 그리고 오랜 세월을 지나 옛사랑과 아들을 만나게 되어 허 생원은 가슴이 설렙니다.

허 생원이 동이를 아들이라고 생각하는 이유는, 동이의 어머니가 봉평에서 살았다는 것과 그가 왼손잡이라는 것 때문이지요. 왼손잡이는 유전이 되는 것이 아니기 때문에 과학적으로는 이해할 수 없는 일입니다. 하지만 소설 속에서는 두 사람의 인연을 잇는 하나의 끈이 되어 줄 수도 있답니다.

메밀꽃 필 무렵

여름 장이란 애시당초에 글러서, 아직 한낮이건만 장터는 벌써 쓸쓸하고, 더운 햇살이 벌여 놓은 전의 휘장 밑으로 들어와 등줄기를 훅훅 볶는다. 마을 사람들은 거의 돌아간 뒤요, 나무를 다 팔지 못한 나무꾼패가 길거리에 궁싯거리고들 있으나, 석유나 사고 고기나 사 갈지 모를 이들을 바라보고 언제까지 버티고 있을 수는 없다. 귀찮게 날아드는 파리떼도, 장난꾼 각다귀들도 귀찮다. 얼금뱅이요 왼손잡이인 드팀전의 허 생원은 기어코 같이 일하는 조 선달에게 말했다.

"그만 거둘까?"

"잘 생각했네. 봉평 장에서 한번이나 흐뭇하게 팔아 본 일 있나. 내일 대화 장에서나 한몫 벌어야겠네."

"오늘 밤은 밤을 새서 걸어야 될걸."

"달이 뜨겠지?"

절렁절렁 소리를 내며 조 선달이 그 날 산 돈을 따지는 것을 보고 허 생원은 말뚝에서 넓은 휘장을 걷고, 벌여 놓았던 물건을 거두기 시작하였다. 무명과 명주, 비단이 두 상자에 꽉 찼다. 멍석 위에는 천 조각이 어수선하게 남았다.

다른 이들도 벌써 거의 전들을 걷고 있었다. 약삭빠르게 떠나는 패도 있었다. 생선 장수도, 땜장이도, 엿 장수도, 생강 장수도 보이지 않았다. 내일은 진부와 대화에 장이 선다. 그들은 그 어느 쪽으로든지 밤을 새며 육칠십 리 밤길을 타박거리지 않으면 안 된다. 장판은 잔치 뒷마당같이 어수선하게 벌어지고, 술집에서는 싸움이 터져 있었다. 주정꾼 욕지거리에 섞여 여자의 날카로운 목소리가 들렸다. 장날 저녁은 정해 놓고 여자의 고함소리로 시작되는 것이다.

"생원, 시침을 떼두 다 아네. ……충줏집 말야."

여자 목소리 때문에 문득 생각난 듯이 조 선달은 비죽이 웃는다.

"화중지병이지. 나이 어린 패들을 적수로 하고서야 대거리가 돼야 말이지."

"그렇지도 않을걸. 충들이 사족을 못 쓰는 것도 사실은 사실이나, 아무리 그렇다곤 해도 왜 그 동이 말일세, 감쪽같이 충줏집을 후린 눈치거든."

"뭐, 그 애숭이가? 물건 가지고 꾀었나 보지. 착실한 녀석인 줄 알았더니."

"그것만은 알 수 있나……. 고민 말

> 허 생원이 충줏집이라 불리는 여자에게 관심을 가지고 있음을 알 수 있다. 허 생원은 초라한 외모이며 사랑과 인연이 없는 사람이다.

전 물건을 늘어 놓고 파는 가게
궁싯거리고 어찌할지 몰라 머뭇거리고
각다귀 모기와 비슷하나 더 큰 각다귓과의 곤충. 남을 착취하여 먹고 사는 사람을 비유할 때 쓰는 말이기도 하다. 여기서는 귀찮게 하는 아이들을 말한다.
얼금뱅이 얼굴이 얽은 사람을 낮잡아 이르는 말
드팀전 천을 파는 가게
화중지병 畵中之餠, 그림의 떡
대거리 상대에게 맞서서 대듦
사족 '사지'를 낮추어 이르는 말. '사지'는 팔과 다리를 뜻한다.

고 가 보세나그려. 내 한턱 씀세."

　그다지 마음이 당기지 않는 것을 쫓아갔다. 허 생원은 여자와는 인연이 없었다. 얽둑배기 상판을 쳐들고 다가설 숫기도 없었으나 여자 쪽에서 정을 보낸 적도 없었고, 쓸쓸하고 뒤틀린 반생이었다. 충줏집을 생각만 하여도 철없이 얼굴이 붉어지고 발밑이 떨리고 그 자리에 소스라쳐 버린다. 충줏집 문을 들어서서 술좌석에서 과연 동이를 만났을 때에는 어찌 된 서슬엔지 발끈 화가 나 버렸다. 상 위에 붉은 얼굴을 쳐들고 제법 계집과 수작을 부리는 것을 보고 견딜 수 없었던 것이다. 녀석이 제법 난봉꾼인데 꼴사납다. 머리에 피도 안 마른 녀석이 낮부터 술 처먹고 계집과 뭐하는 거야. 장돌뱅이 망신만 시키고 돌아다니누나. 그 꼴에 우리들과 한몫 보자는 셈이지. 동이 앞에 막아서면서부터 책망이었다. 걱정도 팔자요 하는 듯이 빤히 쳐다보는 상기된 눈망울에 부딪치자, 결김에 따귀를 한 대 갈겨 주지 않고는 배길 수 없었다. 동이도 화를 내며 팩하고 일어서기는 하였으나, 허 생원은 얼굴색도 변하지 않고 마음먹은 대로 다 지껄였다. ── 어디서 주워 먹은 선머슴인지는 모르겠으나, 네게도 아비 어미 있겠지. 그 사나운 꼴 보면 맘 좋겠다. 장사란 탐탁하게 해야 돼지, 계집이 다 무어야. 나가거라, 냉큼 꼴 치워.

　그러나 한마디도 대거리하지 않고 하염없이 나가는 꼴을 보려니, 도리어 측은히 여겨졌다. 아직도 서먹서먹한 사이인데 너무 과하지 않았을까 하고 마음이 섬짓해졌다. 주제도 넘지, 같은 술손님이면서 아무리 젊다고 자식 나이 된 것을 치고 닦아세울 것은 무어야 원. 충줏집은 입술을 쭝긋하고 술 붓는 솜씨도 거칠었으나, 젊은 애들한테는 그것이 약

이 된다며 조 선달이 얼버무려 넘겼다. 용기도 생긴 데다가 웬일인지 흠뻑 취해 보고 싶은 생각도 있어서 허 생원은 주는 술잔이면 거의 다 들이켰다. 거나해짐에 따라 동이의 뒷일이 한결같이 궁금해졌다. 내 꼴에 여자를 가로채서는 어떡할 작정이었누 하고 어리석은 꼬락서니를 모질게 책망하는 마음도 한편에 있었다. 그렇기 때문

얽둑배기 상판 얽은 얼굴
반생 한평생의 절반
난봉꾼 주색에 빠져 행실이 부정한 사람
결김에 화가 나서
탐탁하게 결단성 있게, 맺고 끊는 것이 분명하게
닦아세울 나무라 꼼짝 못하게 할

에 얼마나 지난 뒤인지 동이가 헐레벌떡거리며 황급히 부르러 왔을 때에는, 마시던 잔을 그 자리에 던지고 정신없이 허덕이며 충줏집을 뛰어나간 것이다.

"생원의 당나귀가 줄을 끊고 야단이에요."

"각다귀들 장난이지, 필연코."

짐승도 짐승이려니와 동이의 마음씨가 가슴을 울렸다. 뒤를 따라 장터를 달음질하려니 거슴츠레한 눈이 뜨거워질 것 같다.

"부락스런 녀석들이라 어쩌는 수 있어야죠."

"나귀에게 심하게 구는 녀석들은 그냥 두지는 않을걸."

반평생을 같이 지내 온 짐승이었다. 같은 주막에서 잠자고, 같은 달빛에 젖으면서 장에서 장으로 걸어 다니는 동안에 이십 년의 세월이 사람과 짐승을 함께 늙게 하였다. 까스러진 목뒤 털은 주인의 머리털과도 같이 바스러지고, 개진개진 젖은 눈은 주인의 눈과 같이 눈곱을 흘렸다. 몽당 비처럼 짧게 쓸리운 꼬리는, 파리를 쫓으려고 기껏 휘저어 보아야 벌써 다리까지는 닿지 않았다. 닳아 없어진 굽을 몇 번이나 도려내고 새 철을 신겼는지 모른다. 굽은 벌써 더 자라나기는 틀렸고 닳아버린 철 사이로는 피가 빼짓이 흘렀다. 냄새만 맡고도 주인을 분간하였다. 호소하는 목소리로 야단스럽게 울며 반겨한다.

어린아이를 달래듯이 목덜미를 어루만져 주니 나귀는 코를 벌름거리고 입을 투르르거렸다. 콧물이 튀었다. 허 생원은 짐승 때문에 속도 무던히 썩었다. 아이들의 장난이 심한 눈치여서 땀 밴 몸뚱어리가 부들부들 떨리고 좀체 흥분이 식지 않는 모양이었다. 굴레가 벗어지고 안장도 떨어졌다. 요 몹쓸 자식들, 하고 허 생원은 호령을 하였으나 패들은 벌써 줄행랑을 논 뒤요, 몇 남지 않은 아이들이 호령에 놀라 비슬비슬 멀어졌다.

"우리들 장난이 아니우. 암놈을 보고 저 혼자 난리지."

코흘리개 한 녀석이 멀리서 소리를 쳤다.

"고 녀석 말투가……."

"김 첨지 당나귀가 가 버리니까 온통 흙을 차고 거품을 흘리면서 미친 소같이 날뛰는걸. 꼴이 우스워 우리는 보고만 있었다우. 배를 좀 보지."

아이는 앵돌아진 투로 소리를 치며 깔깔 웃었다. 허 생원은 모르는 결에 낯이 뜨거워졌다. 뭇 시선을 막으려고 그는 짐승의 배 앞을 가리어 서지 않으면 안 되었다.

"늙은 주제에 암샘을 내는 거야. 저 놈의 짐승이."

아이의 웃음소리에 허 생원은 주춤하면서 기어코 견딜 수 없어 채찍을 들더니 아이를 쫓았다.

"쫓으려거든 쫓아 보지. 왼손잡이가 사람을 때려."

줄달음에 달아나는 각다귀에는 당하는 재주가 없었다. 왼손잡이는 아이 하나도 후릴 수 없다. 그만 채찍을 던졌다. 술기도 돌아 몸이 유난스럽게 화끈거렸다.

"그만 떠나세. 녀석들과 어울리다가는 한이 없어. 장판의 각다귀들이란 어른보다도 더 무서운 것들인걸."

조 선달과 동이는 각각 제 나귀에 안

장을 얹고 짐을 싣기 시작하였다. 해가 꽤 많이 기울어진 모양이었다.

드팀전 장돌림을 시작한 지 이십 년이나 되어도 허 생원은 봉평 장을 빼논 적은 드물었다. 충주·제천 등의 이웃 군에도 가고, 멀리 영남 지방도 헤매기는 하였으나 강릉쯤에 물건 하러 가는 외에는 처음부터 끝까지 군내를 돌아다녔다. 닷새만큼씩의 장날에는 달보다도 확실하게 면에서 면으로 건너간다. 고향이 청주라고 자랑삼아 말하였으나 고향을 돌보러 간 일도 있는 것 같지는 않았다. 장에서 장으로 가는 길의 아름다운 강산이 그대로 그에게는 그리운 고향이었다. 반날 동안이나 뚜벅뚜벅 걷고 장터 있는 마을에 거의 가까왔을 때 거친 나귀가 한바탕 우렁차게 울면 —— 더구나 그것이 저녁녘이어서 등불들이 어둠 속에 깜박거릴 무렵이면 늘 당하는 것이건만, 허 생원은 변치 않고 언제든지 가슴이 뛰놀았다.

젊은 시절에는 알뜰하게 벌어 돈푼이나 모아 본 적도 있기는 있었으나, 읍내에 백중이 열린 해 호탕스럽게 놀고 투전을 하고 하여 사흘 동안에 다 털어 버렸다. 나귀까지 팔게 된 판이었으나 애끓는 정분에 그것만은 이를 물고 단념하였다. 결국 도로 아미타불로 장돌림을 다시 시작할 수밖에는 없었다. 짐승을 데리고 읍내를 도망해 나왔을 때에는 너를 팔지 않기 다행이었다고 길가에서 울면서 짐승의 등을 어루만졌던 것이었다. 빚을 지기 시작하니 재산을 모을 염두는 애초에 틀리고 간신히 입에 풀칠을 하러 장에서 장으로 돌아다니게 되었다.

호탕스럽게 놀았다고는 하여도 여자 한번 만나 보지 못하였다. 여자란 쌀쌀하고 매정했다. 평생 인연이 없는 것이어서 신세가 서글퍼졌다.

일신에 가까운 것이라고는 언제나 변함없는 한 필의 당나귀였다.

그렇다고는 하여도 꼭 한 번의 첫사랑을 잊을 수는 없었다. 뒤에도 처음에도 없는 단 한 번의 괴이한 인연! 봉평에 다니기 시작한 젊은 시절의 일이었으나 그것을 생각할 적만은 그도 산 보람을 느꼈다.

"달밤이었으나 어떻게 해서 그렇게 됐는지 지금 생각해도 도무지 알 수 없어."

허 생원은 오늘 밤도 또 그 이야기를 끄집어 내려는 것이다. 조 선달은 친구가 된 이래 귀에 못이 박히도록 들어 왔다. 그렇다고 싫증을 낼 수도 없었으나 허 생원은 시치미를 떼고 되풀이하고 싶은 대로 되풀이하고야 말았다.

"달밤에는 그런 이야기가 격에 맞거든."

조 선달 편을 바라는 보았으나 물론 미안해서가 아니라 달빛에 감동하여서였다. 이지러는 졌으나 보름을 갓 지난 달은 부드러운 빛을 흐뭇이 흘리고 있다. 대화까지는 팔십 리의 밤길, 고개를 둘이나 넘고 개울을 하나 건너고 벌판과 산길을 걸어야 된다. 길은 지금 긴 산허리에 걸려 있다. 밤중을 지난 무렵인지 죽은 듯이 고요한 속에서 짐승 같은 달의 숨소리가 손에 잡힐 듯이 들리며, 콩 포기들과 옥수수 잎새가 한층 달에 푸르게 젖었다. 산허리는 온통 메밀밭이어서 피기 시작한 꽃이 소금을 뿌린 듯이 흐뭇한 달빛에 숨이 막힐 지경이다. 붉은 대궁이 향기

이 부분을 읽으며 죽은 듯이 고요한 속에 푸른 달의 이미지를 선명하게 그려 볼 수 있다. '소금을 뿌린 듯 흐뭇한 달빛'과 같은 표현도 매우 시적이다. 이런 의미에서 이 소설을 시적 소설, 서정적 소설이라 한다.

같이 애잔하고 나귀들의 걸음도 시원하다. 길이 좁은 까닭에 세 사람은 나귀를 타고 외줄로 늘어섰다. 방울 소리가 시원스럽게 딸랑딸랑 메밀밭께로 흘러간다. 앞장선 허 생원의 이야기 소리는 꽁무니에 선 동이에게는 확실히는 안 들렸으나, 그는 그대로 개운한 제멋에 적적하지는 않았다.

"장 선 꼭 이런 날 밤이었네. 객줏집 토방이란 무더워서 잠이 들어야지. 밤중은 돼서 혼자 일어나 개울가에 목욕하러 나갔지. 봉평은 지금이나 그제나 마찬가지지. 보이는 곳마다 메밀밭이어서 개울가가 어디 없이 하얀 꽃이야. 돌밭에 벗어도 좋을 것을, 달이 너무나 밝은 까닭에 옷을 벗으러 물방앗간으로 들어가지 않았나. 이상한 일도 많지. 거기서 난데없는 성 서방네 처녀와 마주쳤단 말이네. 봉평서야 제일 가는 일색이었지 —— 팔자에 있었나 보지."

아무렴 하고 응답하면서 말머리를 아끼는 듯이 한참이나 담배를 빨 뿐이었다. 구수한 자줏빛 연기가 밤 기운 속에 흘러서는 녹았다.

"날 기다린 것은 아니었으나, 그렇다고 달리 기다리는 놈팽이가 있는 것도 아니었네. 처녀는 울고 있단 말야. 짐작은 했으나 성 서방네는 한창 어려워서 도망갈 판이었지. 한 집안 일이니 딸에겐들 걱정이 없을 리 있겠나? 좋은 데만 있으면 시집도 보내련만 시집은 죽어도 싫다지……. 그러나 처녀란 울 때같이 정을 끄는 때가 있을까. 처음에는 놀라기도 한 눈치였으나, 걱정 있을 때는 누그러지기도 쉬운 듯해서 이럭저럭 이야기가 되었네……. 생각하면 무섭고도 기막힌 밤이었어."

"제천인지로 줄행랑을 놓은 건 그 다음 날이렸다."

　"다음 장도막에는 벌써 온 집안이 사라진 뒤였네. 장터는 소문에 발끈 뒤집혀 고작해야 술집에 팔려 가기가 쉽다고 처녀의 뒷공론이 자자들 하단 말야. 제천 장터를 몇 번이나 뒤졌겠나. 허나 처녀의 꼴은 꿩 궈 먹은 자리야. 첫날밤이 마지막 밤이었지. 그 때부터 봉평이 마음에 들어 반평생을 두고 계속 다니게 되었네. 반평생인들 잊을 수 있겠나."

　"수 좋았지. 그렇게 신통한 일이란 쉽지 않아. 대개는 못난 사람 얻어 새끼 낳고, 걱정 늘고 생각만 해도 진저리가 나지. ……그러나 늙으막바지까지 장돌뱅이로 지내기도 힘드는 노릇 아닌가? 난 가을까지만 하고 이 일과도 하직하려네. 대화쯤에 조그만 가게나 하나 벌이고 식구들을 부르겠어. 사철 내내 뚜벅뚜벅 걷기란 여간 어려워야지."

　"옛 처녀나 만나면 같이나 살까……. 난 거꾸러질 때까지 이 길 걷고 저 달 볼 테야."

　산길을 벗어나니 큰길이 나왔다. 꽁무니의 동이도 앞으로 나서 나귀들은 가로 늘어섰다.

　"총각도 젊겠다, 지금이 한창 시절이렸다. 충줏집에서는 그만 실수를 해서 그 꼴이 되었으나 섭게 생각 말게."

　"처, 천만에요. 되려 부끄러워요. 지금 제 처지에 무슨 여자예요. 자나 깨나 어머니 생각뿐인데요."

　허 생원의 이야기로 실심해 한 끝이라 동이의 어조는 한풀 수그러

객줏집　장사꾼들의 물건을 흥정 붙여 주거나, 장사꾼들을 재워 주는 집
토방　마루를 놓을 수 있게 된 처마 밑의 흙
일색　아주 뛰어나게 아름다운 미인
장도막　장날과 장날 사이
뒷공론　뒤에서 이러쿵 저러쿵 하는 말
처녀의 꼴은 꿩 궈 먹은 자리야　처녀의 모습은 어디에도 보이지 않았어
하직　작별을 고함. 어떤 일의 마지막이 됨
실심　근심 걱정으로 마음이 어지러워지고 맥이 빠짐

진 것이었다.

“아비 어미란 말에 가슴이 터지는 것도 같았으나, 제겐 아버지가 없어요. 피붙이라고는 어머니 하나뿐인걸요.”

“돌아가셨나?”

“처음부터 없어요.”

“그런 법이 세상에…….”

생원과 선달이 야단스럽게 껄껄들 웃으니 동이는 정색하고 우길 수밖에는 없었다.

“부끄러워서 말하지 않으려 했으나 정말예요. 제천 촌에서 달도 차지 않은 아이를 낳고 어머니는 집을 쫓겨났죠. 우스운 이야기나, 그러기 때문에 지금까지 아버지 얼굴도 본 적 없고 있는 고장도 모르고 지내 와요.”

고개가 앞에 놓인 까닭에 세 사람은 나귀를 내렸다. 둔덕은 험하고 입을 벌리기도 힘들어 이야기는 한동안 끊겼다. 나귀는 걸핏하면 미끄러졌다. 허 생원은 숨이 차 몇 번이고 다리를 쉬지 않으면 안 되었다. 고개를 넘을 때마다 나이가 알렸다. 동이 같은 젊은 사람이 그지없이 부러웠다. 땀이 등을 한바탕 쪽 씻어 내렸다.

고개 너머는 바로 개울이었다. 장마에 흘러 버린 널다리가 아직도 걸리지 않은 채로 있는 까닭에 벗고 건너야 되었다. 고의를 벗어 띠로 등에 얽어 매고 반 벌거숭이의 우스꽝스런 꼴로 물 속에 뛰어들었다. 금방 땀을 흘린 뒤였으나 밤 물은 뼈를 찔렀다.

“그래, 대체 기르긴 누가 기르고?”

"어머니는 하는 수 없이 의부를 얻어 가서 술 장사를 시작했죠. 술이 고주망태라 의부라고 순전히 망나니예요. 철들어서부터 맞기 시작한 것이 하룬들 편한 날 있었을까. 어머니는 말리다가 채이고 맞고 칼부림을 당하고 하니 집 꼴이 무어겠소. 열여덟 살 때 집을 뛰쳐 나와서부터 이 짓이죠."

"총각 나이로는 꽤 무던하다고 생각했더니 듣고 보니 딱한 신세로군."

물은 깊어 허리까지 찼다. 속 물살도 어지간히 센 데다가 발에 채이는 돌멩이도 미끄러워 금시에 쓸릴 듯하였다. 나귀와 조 선달은 재빨리 거의 건넜으나 동이는 허 생원을 붙드느라고 두 사람은 훨씬 떨어졌다.

"모친의 친정은 원래부터 제천이었던가?"

"웬걸요. 시원스리 말은 안 해 주나 봉평이라는 것만은 들었죠."

"봉평? 그래, 그 아비 성은 무엇이고?"

"알 수 있나요. 도무지 듣지를 못했으니까."

"그, 그렇겠지."

하고 중얼거리며 흐려지는 눈을 까물까물하다가 허 생원은 경망하게도 발을 헛디디었다. 앞으로 고꾸라지기가 바쁘게 몸째 풍덩 빠져 버렸다. 허우적거릴수록 몸을 걷잡을 수 없어 동이가 소리를 치며 가까이 왔을 때에는 벌써 퍽이나 흘렀었다. 옷째 쫄딱 젖으니 물에 젖은 개보다도 참혹한 꼴이었다. 동이는 물 속에서 어른을 해깝게 업을 수 있었다. 젖었다고는 하여도 여원

둔덕 논, 밭이 두두룩하게 언덕진 곳
나이가 알렸다 힘이 들어 나이가 많음을 새삼 느꼈다.
널다리 널빤지로 건너지른 다리
고의 남자의 여름 홑바지
의부 어머니가 다시 얻은 남편
고주망태 술을 많이 마셔 정신을 차리지 못하는 상태
경망 말이나 행동이 경솔함
해깝게 가볍게

동이 어머니의 친정이 봉평이고 허 생원이 성 처녀를 만난 것도 봉평이라는 공통점으로 미루어 볼 때 동이가 허 생원의 아들일지도 모른다는 암시를 준다.

몸이라 장정 등에는 오히려 가벼웠다.

"이렇게까지 해서 안됐네. 내 오늘은 정신이 빠진 모양이야."

"염려하실 것 없어요."

"그래, 모친은 아비를 찾지는 않는 눈치지?"

"늘 한번 만나고 싶다고는 하는데요."

"지금 어디 계신가?"

"의부와도 갈라져 제천에 있죠. 가을에는 봉평에 모셔 오려고 생각 중인데요. 이를 물고 벌면 이럭저럭 살아 갈 수 있겠죠."

"아무렴, 기특한 생각이야. 가을이랬다?"

동이의 탐탁한 등어리가 뼈에 사무쳐 따뜻하다. 물을 다 건넜을 때에는 도리어 서글픈 생각에 좀 더 업혔으면도 하였다.

"진종일 실수만 하니 웬일이요? 생원."

조 선달이 바라보며 기어코 웃음이 터졌다.

"나귀야. 나귀 생각하다 실족을 했어. 말 안 했던가. 저 꼴에 제법 새끼를 얻었단 말이지. 읍내 강릉집 피마에게 말일세. 귀를 쫑긋 세우고 달랑달랑 뛰는 것이 나귀 새끼같이 귀여운 것이 있을까. 그것 보러 나는 일부러 읍내를 도는 때가 있다네."

"사람을 물에 빠뜨릴 정도면 딴은 대단한 나귀 새끼군."

허 생원은 젖은 옷을 웬만큼 짜서 입었다. 이가 덜덜 갈리고 가슴이 떨리며 몹시도 추웠으나 마음은 알 수 없이 둥실둥실 가벼웠다.

동이가 자신의 아들일지도 모른다는 생각에 가슴이 설레고 있다.

"주막까지 부지런히들 가세나. 뜰에 불을 피우

고 훗훗이 쉬어. 나귀에겐 더운 물을 끓여 주고, 내일 대화 장 보고는

제천이다.”

동이의 어머니가 성 처녀라고 생각했기 때문에 제천으로 찾아 가기로 결심함.

“생원도 제천으로……?”

“오래간만에 가 보고 싶어. 동행하려나, 동이?”

나귀가 걷기 시작하였을 때, 동이의 채찍은 왼손에 있었다. 오랫동안

아둑시니같이 눈이 어둡던 허 생원도 요번만은 동이의 왼손잡이가 눈

에 띄지 않을 수 없었다.

동이와 허 생원이 똑같은 왼손잡이라는 것으로 두 사람이 부자 관계임을 암시한다.

걸음도 해깝고 방울 소리가 밤 벌판에 한층 청청하게 울렸다.

달이 어지간히 기울어졌다.

훗훗이 훈훈하게
아둑시니 밤에 아무것도 없는데 있는
것처럼 보이는 물체나 그림자
청청하게 음성이 맑고 퍽 씩씩하게

짧은 글 짓기를 해 보아요

1   궁싯거리다

2   대거리

3   닦아세우다

4   둔덕

5   실족

이해력을 길러요

1   이 소설의 시적인 분위기를 조성해 주는 메밀꽃을 실제로 본 적이 있나요? 그렇지 않다면 메밀꽃 사진을 찾아 보고, 다음 구절을 다시 감상해 봅시다.

산허리는 온통 메밀밭이어서 피기 시작한 꽃이 소금을 뿌린 듯이 흐뭇한 달빛에 숨이 막힐 지경이다. 붉은 대궁이 향기같이 애잔하고 나귀들 걸음도 시원하다.

2   이 소설에는 장돌림으로 생활하는 허 생원의 삶이 그려져 있습니다. 장돌림이란 어떠한 일을 하는 사람을 말하는지 조사하여 적어 봅시다.

3   허 생원이 동이의 어머니 이야기를 들으면서 짐작한 것은 무엇인가요?

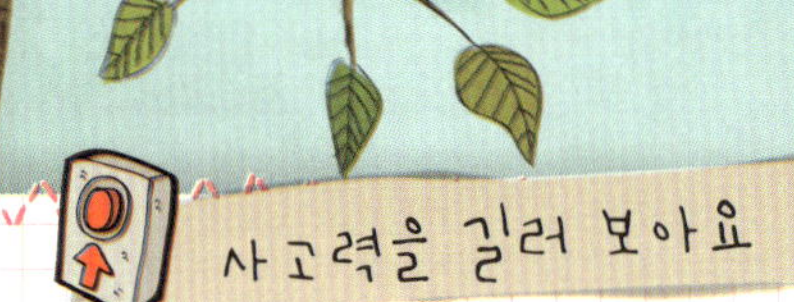

1 허 생원이 봉평에 대해 다음과 같이 느끼는 이유가 무엇인지 정리하여 말해 봅시다.

드팀전 장돌림을 시작한 지 이십 년이나 되어도 허 생원은 봉평 장을 빼논 적은 드물었다. 반날 동안이나 뚜벅뚜벅 걷고 장터 있는 마을에 거의 가까왔을 때 거친 나귀가 한바탕 우렁차게 울면—더구나 그것이 저녁녘이어서 등불들이 어둠 속에 깜박거릴 무렵이면 늘 당하는 것이건만, 허 생원은 변치 않고 언제든지 가슴이 뛰놀았다.

2 다음은 동이와 허 생원이 만나는 세 장면입니다. 동이의 행동에서 짐작할 수 있는 동이의 성격을 정리해 보세요.

동이의 행동	동이의 성격
충줏집에서 술을 먹고 있는 동이에게 허 생원이 따귀를 때렸으나 대들지 않음	
아이들이 나귀를 못살게 구는 것을 허 생원에게 알려주기 위해 달려옴	
물에 빠진 허 생원을 업어 시내를 건넘	

1 다음은 허 생원이 발을 헛디뎌 물에 빠진 이유를 말하는 부분입니다. 이 구절을 본문 속에서 찾아 보고, 허 생원이 실제로 어떤 생각에 팔려 있었던 것인지 짐작하여 말해 봅시다.

"나귀야. 나귀 생각하다 실족을 했어. 말 안 했던가. 저 꼴에 제법 새끼를 얻었단 말이지. 읍내 강릉집 피마에게 말일세. 귀를 쫑긋 세우고 달랑달랑 뛰는 것이 나귀 새끼같이 귀여운 것이 있을까. 그것 보러 나는 일부러 읍내를 도는 때가 있다네."

2 이 소설을 통해 우리는 우리가 경험해 보지 못한 한 장돌림의 삶을 지켜볼 수 있습니다. 또 달밤에 메밀밭을 걸어가며 허 생원이 느끼는 감상에 함께 젖어 볼 수도 있습니다. 자신이 좋아하는 소설을 각자 떠올려 보고, 소설이 주는 즐거움이 무엇인지 생각하여 말해 봅시다.

B사감과 러브레터

현진건 지음

현진건 선생님은 1900년 대구에서 태어났고 일본과 중국에서 공부하였습니다. 1920년 〈개벽〉에 단편 〈희생화〉를 발표하며 등단했습니다. 박종화, 홍사용 선생님과 함께 〈백조〉의 동인으로 활동하였습니다.

현진건 선생님은 치밀한 구성과 뛰어난 묘사, 아이러니적 수법 등 문학적 기교가 뛰어난 작가로 평가받습니다. 김동인, 염상섭 선생님과 함께 근대 문학 초기에 단편소설의 양식을 개척하고 사실주의 문학의 기틀을 마련했습니다.

1936년에는 동아일보의 일장기 말소 사건에 관계되어 1년간 옥고를 치르기도 했습니다.

주요 작품으로는 현실을 날카롭게 보여 주는 〈운수 좋은 날〉, 〈고향〉, 〈빈처〉, 〈술 권하는 사회〉, 그리고 〈무영탑〉 등이 있습니다.

C여학교 기숙사의 사감인 B여사는 사십에 가까운 노처녀입니다. 뾰족한 입을 앙다물고 돋보기 너머로 노려볼 때는 오싹하리만큼 엄격하고 매서웠습니다.

B사감이 끔찍하게 싫어하는 것은 바로 러브레터입니다. 기숙생들에게 오는 편지를 일일이 검토하다가 러브레터가 발견되면 매우 화를 냈지요. 러브레터에 이름이 적힌 학생은 B사감에게 끌려 가 '보낸 사람이 누구냐', '행실이 바르지 않았던 것이 아니냐' 하며 몇 시간 동안이나 문초를 받아야 했습니다.

그런데 기숙사에 이상한 일이 일어났습니다. 늦은 밤, 기숙생들이 모두 잠든 후에 어디선가 속삭이는 말소리와 웃음소리가 들리는 것이었습니다. 밤에 혼자 잠이 깨어 그 소리를 들은 여학생들은 유령이라 생각하며 무서워했습니다.

어느 날은 세 여학생이 소리의 주인공을 찾아 나서게 되었습니다. 소리 나는 방을 찾은 여학생들은 깜짝 놀랐습니다. 바로 B사감의 방이었던 것입니다. 문 틈으로 보니, 침대 위에는 기숙생에게 온 러브레터가 흩어져 있고, 그 가운에 B여사가 혼자서 말하고 웃고 울면서 사랑하는 남녀를 연기하고 있었습니다.

　　이 소설은 엄격한 기숙사 사감 선생님의 이중적인 모습을 보여
줍니다. 대외적으로는 굉장히 위엄을 부리는 사람도 알고 보면 다른 사람들
과 다를 바 없는 경우가 많지요. 이 소설 속에 등장하는 B사감도 그런 사람
입니다.

　겉으로는 여학생들을 꼼짝 못하게 할 정도로 무섭고 엄격합니다. 사랑과
는 거리가 먼, 어떻게 보면 이성을 싫어하기까지 하는 노처녀이지요. 겉모
습 또한 아름다움이나 여성스러움과는 거리가 멉니다. 기숙생들 야단치는
것과 종교에만 열중하고, 사랑 따위에는 관심도 없는 사람 같습니다. 그러
나 알고 보니 B사감 선생님도 똑같이 이성에 대한 관심도 많고, 사랑에 대
한 열망도 품고 있는 똑같은 사람이었습니다.

　B사감의 성격과 외모가 어떻게 묘사되어 있는지 잘 살펴보세요. 아마 머
릿속에 B사감에 대한 그림이 선명하게 그려질 것입니다.

B사감과 러브레터

　C여학교에서 교사 겸 기숙사 사감 노릇을 하는 B여사라면 딱장대요 독신주의자요 찰진 야소꾼으로 유명하다. 사십에 가까운 노처녀인 그는 주근깨투성이 얼굴이 처녀다운 맛이란 약에 쓰려도 찾을 수 없을 뿐만 아니라, 시들고 거칠고 마르고 누렇게 뜬 품이 곰팡 슬은 굴비를 생각나게 한다.

　여러 겹 주름이 잡힌 훌렁 벗겨진 이마라든지, 숱이 적어서 흔히 하는 식으로 쪽찌거나 틀어 올리지를 못하고 엉성하게 그냥 빗어 넘긴 머리 꼬리가 뒤통수에 염소 똥만하게 붙은 것이라든지, 벌써 늙어 가는 자취를 감출 길이 없었다. 뾰족한 입을 앙다물고 돋보기 너머로 쌀쌀한 눈이 노릴 때엔 기숙생들이 오싹하고 몸서리를 치리만큼 그는 엄격하고 매서웠다.

　이 B여사가 질겁하다시피 싫어하고 미워하는 것은 소위 '러브레터'였

다. 여학교 기숙사라면 으레 그런 편지가 많이 오는 것이지만 학교로도
유명하고 또 아름다운 여학생이 많은 탓인지 모르되 하루에도 몇 장씩
죽느니 사느니 하는 사랑 타령이 날아 들어왔었다. 기숙생에게 오는 사
신을 일일이 검사하는 터이니까 그런 편지도 물론 B여사의 손에 떨어
진다. 달짝지근한 사연을 보는 족족 그는 더할 수 없이 흥분되어서 얼
굴이 붉으락푸르락, 편지 든 손이 발발 떨리도록 성을 낸다.

　아무 까닭 없이 그런 편지를 받은 학생이야말로 큰 재변이었다. 하학
하기가 무섭게 그 학생은 사감실로 불리어 간다. 분해서 못 견디겠다는
사람 모양으로 쌔근쌔근하며 방 안을 왔다갔다하던 그는, 들어오는 학
생을 잡아 먹을 듯이 노리면서 한 걸음 두 걸음 코가 맞닿을 만치 바싹
다가들어 서서 딱 마주선다. 웬 영문인지 알지 못하면서도 선생의 기색
을 살피고 겁부터 집어먹은 학생은 한동안 어쩔 줄 모르다가 간신히 모
기만한 소리로,

　　"저를 부르셨어요?"

하고 묻는다.

　　"그래 불렀다, 왜!"

　팍 무는 듯이 한마디하고 나서 매우 못마땅한 것처럼 교의를 우당퉁
탕 당겨서 철썩 주저앉았다가 학생이 그
저 서 있는 걸 보면,

　　"장승이냐. 왜 앉지를 못해!"

하고 또 소리를 빽 지르는 법이었다.

　　스승과 제자는 조그마한 책상 하나를

사감　기숙사에서 기숙생들의 생활을 감독하는 사람
딱장대　성질이 사납고 굳센 사람
야소꾼　기독교인. 예전에 '예수'를 한 자로 적어 '야소'라 했다.
사신　개인의 사사로운 편지
재변　재앙으로 말미암아 생기는 변고
하학　학교에서 그 날의 공부를 마침
교의　의자

사이에 두고 마주 앉는다. 앉은 뒤에도,

　"네 죄상을 네가 알지!"

하는 것처럼 아무 말 없이 눈살로 쏘기만 하다가 한참 만에야 그 편지
를 끄집어내어 학생의 코앞에 동댕이치며,

　"이건 누구한테 오는 거냐."

하고 문초를 시작한다.

　앞장에 제 이름이 쓰였는지라,

　"저한테 온 것이야요."

하고 대답 않을 수 없다. 그러면 발신인이 누구인 것을 채쳐 묻는다.

　그런 편지가 대개 그렇듯이 발신인의 성명이 똑똑
지 않기 때문에 주저주저하다가 자세히 알 수 없다고
내대일 양이면,

　"너한테 오는 것을 네가 모른단 말이냐."

하고 불호령을 내린 뒤에 또 사연을 읽어 보라 하여 무심한 학생이 나직나직하나마 꿀 같은 구절을 입술에 올리면, B여사의 역정은 더욱 심해져서 어느 놈의 소행인 것을 기어이 알려 한다. 기실 보도 듣도 못한 남성이 한 노릇이요, 자기에게는 아무 죄도 없는 것을 변명하여도 곧이 듣지를 않는다. 바른 대로 아뢰어야지 그렇지 않으면 퇴학을 시킨다는 둥, 제 이름도 모르는 여자에게 편지할 리가 만무하다는 둥, 필연 행실이 부정한 일이 있으리라는 둥…….

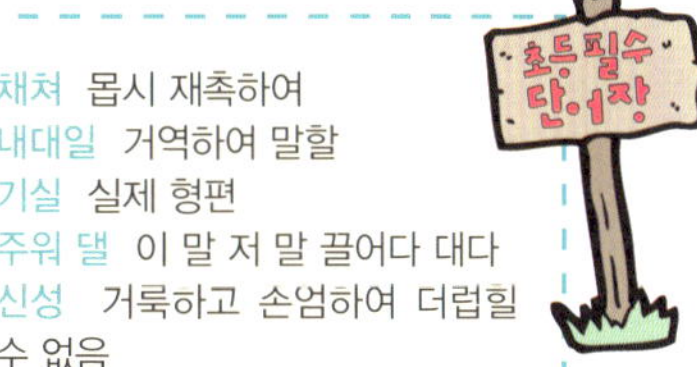

하다못해 어디서 한 번 만나기라도 하였을 테니 어찌해서 남자와 접촉을 하게 되었느냐는 둥, 자칫 잘못하여 학교에서 주최한 음악회나 바자회에서 혹 보았는지 모른다고 졸리다 못해 주워 댈 것 같으면 사내의 보는 눈이 어떻더냐, 표정이 어떻더냐, 무슨 말을 건네더냐, 미주알고주알 캐고 파며 어르고 볶아서 넉넉히 십년감수는 시킨다.

두 시간이 넘도록 문초를 한 끝에는 사내란 믿지 못할 것, 우리 여성을 잡아 먹으려는 마귀인 것, 연애가 자유이니 신성이니 하는 것도 모두 악마가 지어 낸 소리인 것을 입에 침이 없이 열에 떠 한참 설교를 하다가 닦지도 않은 방바닥(침대를 쓰기 때문에 방이라 해도 마룻바닥이다)에 그대로 무릎을 꿇고 기도를 올린다. 눈에 눈물까지 글썽거리면서 말끝마다 하느님 아버지를 찾아서 악마의 유혹에 떨어지려는 어린 양을 구해 달라고 뒤삶고 곱삶는 법이었다.

그리고 둘째로 그가 싫어하는 것은 기숙생을 남자가 면회하러 오는

B사감의 모습이 매우 우스꽝스럽게 과장되어 그려지고 있다. 이후의 B사감의 감춰진 성격과 극명하게 대조된다. 그리하여 B사감의 이중성을 보여 주려 하는 것이 이 소설의 중심이다.

일이었다. 무슨 핑계로 하든지 기어이 못 보게 하고 만다. 친부모, 친동기간이라도 규칙이 어떠니 상학중이니 무슨 핑계를 하든지 따돌려 보내기가 일쑤다. 이로 말미암아 학생이 동맹휴학을 하였고 교장의 설유까지 들었건만 그래도 그 버릇은 고치려 들지 않았다.

이 B사감이 감독하는 그 기숙사에 금년 가을 들어서 괴상한 일이 '생겼다'느니 보다 '발각되었다'는 것이 마땅할는지 모르리라. 왜 그런고 하면 그 괴상한 일이 언제 '시작된' 것인지는 귀신밖에 모르니까.

그것은 다른 일이 아니라 밤에 깊어서 모든 기숙생들이 달고 곤한 잠에 떨어졌을 때 난데없는 깔깔대는 웃음과 속살속살하는 말이 새어 흐르는 일이었다. 하룻밤이 아니고 이틀 밤이 아닌 다음에야 그런 소리가 잠귀 밝은 기숙생의 귀에 들리기도 하였지만, 자던 잠결이라 뒷동산에 구르는 마른 잎의 노래로나, 달빛에 날개를 번뜩이며 울고 가는 기러기의 소리로나 흘려 들었다. 그렇지 않으면 도깨비의 장난이나 아닌가 하여 무시무시한 기분이 들어서 동무를 깨웠다가 좀처럼 동무는 깨지 않고 제 생각이 너무나 어림없고 어이없음을 깨달으며, 밤소리 멀리 들린다고, 학교 이웃집에서 이야기를 하거나 또 딴 방에 자는 제 동무들의 잠꼬대라고 스스로 위안하고 그대로 자 버리기도 하였다.

그러나 이 수수께끼가 풀릴 때는 왔다. 공교롭게 한 방에 자던 학생 셋이 한꺼번에 잠을 깨었다. 첫째 소녀가 소변을 보러 일어났다가 그 소리를 듣고 둘째 처녀와 셋째 처녀를 깨우고 만 것이다.

"저 소리를 들어 보아요. 아닌 밤중에 저게 무슨 소리야?"
하고 첫째 처녀는 호동그래진 눈에 무서워하는 빛을 띤다.

“어젯밤에 나도 저 소리에 놀랐었어. 도깨비가 났단 말인가.”
하고, 둘째 처녀도 잠 오는 눈을 비비며 수상해한다. 그 중에 제일 나이 많을 뿐더러(많아 보았자 열 여덟밖에 아니 되지만) 장난 잘 치고 짓궂은 짓 잘하기로 유명한 셋째 처녀는 동무 말을 못 믿겠다는 듯이 가만히 귀를 기울이다가,

“딴은 수상한걸. 나도 언젠가 한번 들어 본 법도 하구먼. 뭘, 잠 아니 오는 애들이 이야기를 하는 게지.”

이 때에 그 괴상한 소리는 땍때굴 웃었다. 세 처녀는 으쓱하며 귀를 소스라쳤다. 적적한 밤 가운데 다른 파동 없는 공기는 그 수상한 말마디를 곁에서나 나는 듯이 또렷또렷이 전해 주었다.

“오, 태훈 씨! 그러면 오죽이나 좋을까요.”

간드러진 여자의 목소리다.

“경숙 씨가 좋으시다면 내야 얼마나 기쁘겠습니까. 아아, 경숙 씨에게 바친 나의 타는 듯한 가슴을 인제야 아셨습니까!”

정열에 뜬 사내의 목청이 분명하였다. 한동안 침묵…….

“인제 고만 놓아요. 키스가 너무 길지 않아요. 행여 남이 보면 어떡해요.”

아양 떠는 여자 말씨.

“길수록 더욱 좋지 않아요. 나는 내 목숨이 끊어질 때까지 키스를 하여도 길다고는 못 하겠습니다. 그래도 짧은 것을 한하겠습니다.”

사내의 피를 뽑는 듯한 이 말 끝은 계집의 자지러진 웃음으로 묻혀 버렸다.

그것은 묻지 않아도 사랑에 겨운 남녀의 허물어진 수작이다. 감금이 지독한 이 기숙사에 이런 일이 생길 줄이야! 세 처녀는 얼굴을 마주보았다. 그들의 얼굴은 놀랍고 무서운 빛이 없지 않았으되 점점 호기심에 번쩍이기 시작하였다. 그들의 머릿속에는 한결같이 로맨틱한 생각이 떠올랐다. 이 안에 있는 여자 애인을 보려고 학교 근처를 뒤돌고 곰돌던 사내 애인이, 타는 듯한 가슴을 걷잡다 못하여 밤이 이슥하기를 기다려 담을 뛰어 넘었는지 모르리라.

모든 불이 다 꺼지고 오직 밝은 달빛이 은가루처럼 서린 창문이 소리 없이 열리며 여자 애인이 흰 수건을 흔들어 사내 애인을 부른 건지도 모르리라.

활동사진에 보는 것처럼 기나긴 피륙을 내리어서 하나는 위에서 당기고 하나는 밑에 매달려 데롱데롱하면서 올라가는 정경이 있었는지 모르리라.

그래서 두 애인은 만나가지고 저와 같이 사랑의 속살거림에 젖어 들었는지 모르리라……. 꿈결 같은 감정이 안개 모양으로 부시게 세 처녀의 몸과 마음을 휩싸 돌았다.

그들의 뺨은 후끈후끈 달았다. 괴상한 소리는 또 일어났다.

"난 싫어요. 난 싫어요. 당신 같은 사내는 난 싫어요."

이번에는 매몰스럽게 내어 대는 모양.

"나의 천사, 나의 하늘, 나의 여왕, 나의 목숨, 나의 사랑, 나를 살려 주어요, 나를 구해 주어요.”

사내의 애를 졸리는 간청…….

“우리 구경 가 볼까?”

짓궂은 셋째 처녀는 몸을 일으키며 이런 제의를 하였다. 다른 처녀들도 그 말에 찬성한다는 듯이 따라 일어섰으되 의아와 공구와 호기심이 뒤섞인 얼굴을 서로 교환하면서 얼마쯤 망설이다가 마침내 가만히 문을 열고 나왔다. 쌀벌레 같은 그들의 발가락은 가장 조심성 많게 소리 나는 곳을 향해서 곰실곰실 기어간다. 컴컴한 복도에 자다가 일어난 세 처녀의 흰 모양은 그림자처럼 소리 없이 움직였다.

소리 나는 방은 어렵지 않게 찾을 수 있었다. 찾고는 깎아 세운 듯이 주춤 걸음을 멈출 만큼 그들은 놀랐다. 그런 소리의 출처야말로 자기네 방에서 몇 걸음 안 되는 사감실일 줄이야! 그렇듯이 사내라면 못 먹어

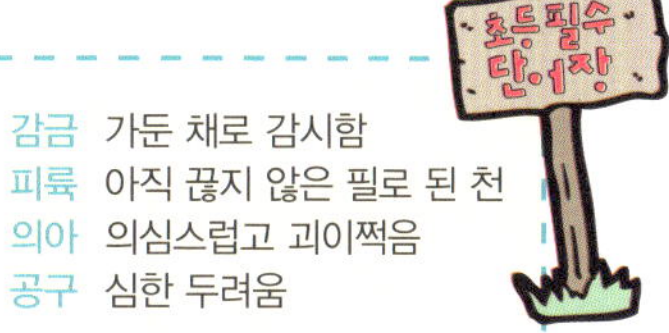

소리나지 않게 살금살금 다가가고 있는 모양을 '쌀벌레 같은 그들의 발가락'과 같이 실감나게 표현하고 있다.

하고 침이라도 뱉을 듯하던 B여사의 방일 줄이야. 그 방에 여전히 사내의 비대발괄하는 푸념이 되풀이되고 있다…….

　나의 천사, 나의 하늘, 나의 여왕, 나의 목숨, 나의 사랑, 나의 애를 말려 죽이실 테요. 나의 가슴을 뜯어 죽이실 테요. 내 생명을 맡으신 당신의 입술로…….

　셋째 처녀는 대담스럽게 그 방문을 빠끔히 열었다. 그 틈으로 여섯 눈이 방 안을 향해 쏘았다. 이 어쩐 기괴한 광경이냐. 전등불은 아직 끄지 않았는데 침대 위에는 기숙생에게 온 소위 '러브레터'의 봉투가 너저분하게 흩어졌고 그 알맹이도 여기저기 두서없이 펼쳐진 가운데 B여사 혼자——아무도 없이 제 혼자 일어나 앉았다. 누구를 끌어당길 듯이 두 팔을 벌리고 안경을 벗은 근시안으로 잔뜩 한곳을 노리며 그 굴비쪽 같은 얼굴에 말할 수 없이 애원하는 표정을 짓고는 키스를 기다리는 것같이 입을 쫑긋이 내어 민 채 사내의 목청을 내어 가면서 아까의 말을 중얼거린다. 그러다가 그 넋두리가 끝날 겨를도 없이 급작스레 앵돌아지는 시늉을 내며 누구를 뿌리치는 듯이 연해 손짓을 하면서 이번에는 톡톡 쏘는 계집의 음성을 지어,

　　“난 싫어요. 당신 같은 사내는 난 싫어요.”

하다가 제물에 자지러지게 웃는다. 그러더니 문득 편지 한 장(물론 기숙생에게 온 '러브레터'의 하나)을 집어 들어 얼굴에 문지르며,

"정 말씀이야요, 나를 그렇게 사랑하세요? 당신의 목숨같이 나를 사랑하세요? 나를, 이 나를?"

하고 몸을 추스르는데 그 음성은 분명히 울음의 가락을 띠었다.

"에그머니, 저게 웬일이야!"

첫째 처녀가 소곤거렸다.

"아마 미쳤나 봐, 밤중에 혼자 일어나서 왜 저러고 있을까?"

둘째 처녀가 맞방망이를 친다…….

"에그 불쌍해!"

하고 셋째 처녀는 손으로 고인, 영문 모를 눈물을 씻었다.

비대발괄 딱한 사정을 하소연하며 간절하게 빎
제물에 그 자체가 스스로 하는 김에
맞방망이를 친다 '맞장구를 치다'의 의미. 남의 말에 덩달아 편든다.

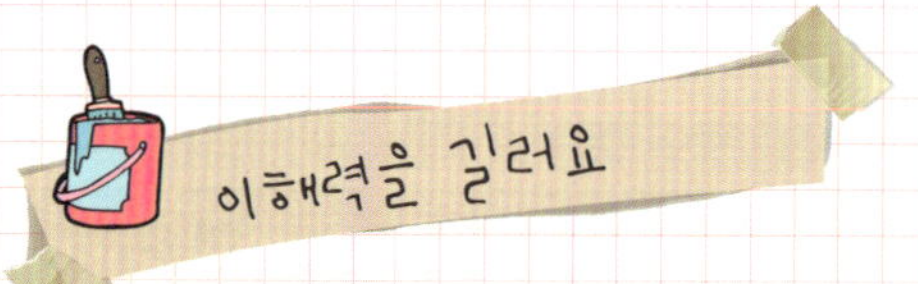

1 앙다물다

2 으레

3 주워대다

4 공교롭게

5 짓궂다

이해력을 길러요

1 B사감의 외양을 묘사한 부분을 찾아 정리해 보세요.

2 B사감은 여학생들에게 온 러브레터에 어떤 반응을 보였나요? 정리하여 써 보세요.

3 밤중에 깨어난 여학생들은 B사감의 의외의 행동을 보게 됩니다. B사감은 어떤 마음을 감추고 있었던 것일까요?

사고력을 길러 보아요

1. 이 소설이 쓰인 1925년 즈음에는 여성이 자유롭게 연애를 하는 것에 대해 사람들의 생각이 바뀌어 가고 있었습니다. B사감과 여학생들 사이에도 세대차이가 존재했을지 모르지요. 자신과는 달리 이성과 달콤한 감정을 주고받을 수 있게 된 여학생들에게 B사감이 느꼈을 감정을 상상해 봅시다.

2. 우리는 영화나 드라마 속에서 B사감과 같이 겉과 속이 다른 인물을 많이 접할 수 있습니다. 그러한 예를 찾아 보세요.

3. 이 소설의 작가는 이중적인 인간에 대해 어떤 감정으로 접근하고 있나요? 러브레터를 읽고 있는 우스꽝스러운 B사감에 대한 여학생들의 반응과 연관하여 생각해 봅시다.

4. 이 소설에서는 B사감이라는 인물의 이중성을 극대화시키기 위해 어떤 방법을 이용하고 있나요? B사감의 외모와 행동을 설명한 부분을 다시 한 번 읽어 보며 답을 찾아 봅시다.

5. 우리에게 B사감은 초라한 외모를 가진 노처녀의 전형적인 인물로 여겨지며, 지금도 그러한 인물을 'B사감' 같다고 이야기합니다. 전형적인 인물이란 어느 한 집단을 대표하는 특징을 보여주는 인물을 말합니다. 소설 속에 등장하는 전형적인 인물로는 또 누가 있는지 한번 찾아 봅시다.

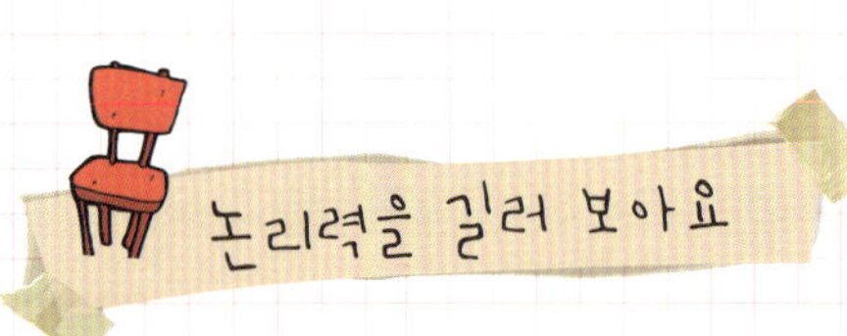

1 B사감이 여학생들의 러브레터에 과민반응을 보인 이유는 무엇인가요? B사감이 가진 콤플렉스와 관련하여 생각해 봅시다.

2 B사감은 사람들 앞에서 자기 마음속의 욕망을 철저하게 감추고 삽니다. 이러한 태도에 대해 비판하는 글을 써 보세요.

3 사람들은 누구나 크고 작은 콤플렉스를 가지고 있을 수 있는데요, 여러분은 그것을 극복하는 방법을 알고 있나요? 이에 대한 자신의 의견을 써 보세요.

운수 좋은 날

현진건 지음

현진건 선생님은 1900년 대구에서 태어났고 일본과 중국에서 공부하였습니다. 1920년 〈개벽〉에 단편 〈희생화〉를 발표하며 등단했습니다. 박종화, 홍사용 선생님과 함께 〈백조〉의 동인으로 활동하였습니다.

1936년에는 동아일보의 일장기 말소 사건에 관계되어 1년간 옥고를 치르기도 했습니다.

현진건 선생님은 〈운수 좋은 날〉과 같이 비극적인 현실을 생생하게 보여 주는 소설을 많이 썼고 그 표현, 구성 등이 매우 뛰어납니다. 그리하여 한국의 사실주의 문학을 발전시킨 문학가로 평가받습니다.

주요 작품으로 가난한 지식인의 삶을 다룬 〈빈처〉, 〈술 권하는 사회〉, 앞에서 소개한 〈B사감과 러브레터〉 등이 있습니다.

　　인력거꾼 김 첨지에게 그 날은 아주 운수 좋은 날이었답니다. 얼다가 만 비가 추적추적 내리는 날이었습니다. 아침부터 장사가 잘되고 집에 돌아오는 길에도 자꾸 손님이 들었지요. 아픈 아내가 오늘은 나가지 말라고 부탁했었지만, 뿌리치고 나온 보람이 있었습니다.

　　김 첨지는 아내에게 설렁탕 국물을 사 줄 수 있겠다는 생각에 마음이 들떴습니다. 그러나 그럴수록 불길한 생각이 자꾸 드는 것이었습니다. 그래서 집이 가까워지면 발걸음이 무거워졌습니다. 일을 끝내고 집으로 돌아갈 시간이 되었지만 도저히 들어갈 용기가 나지 않았습니다. 김 첨지는 술집에 들러 친구와 함께 술을 마시며 시간을 보냈습니다.

　　한참을 그렇게 술을 마시다 설렁탕을 사 들고 집으로 돌아가니, 아내는 이미 죽어 있었습니다. 김 첨지의 예감이 들어맞았던 것이지요. 이상하게도 운수가 좋던 그 날은 사실은 가장 큰 불행이 기다리고 있던 날이었습니다.

이 소설이 발표된 1924년 즈음에는 인력거라는 교통수단이 있었답니다. 바퀴는 두 개이고 앞에서 사람이 끌었는데, 주로 상류층만이 이용했습니다. 김 첨지처럼 하루하루의 노동으로 겨우 살아 가는 사람들은 매우 비참한 생활을 하였습니다. 늘 돈에 쪼들려 제대로 먹지도 못했지요. 아내의 죽음을 예감하면서도 일을 나가야 하는 김 첨지의 상황이 매우 안타깝게 느껴집니다.

그런데 이 소설의 제목은 왜 '운수 좋은 날'일까요? '운수 좋은 날'이라는 제목은 '운수 나쁜 날'을 반대로 표현하여 더 비극적으로 보여 주려는 의도에서 붙여진 것입니다. '운수 좋은 날'이라는 반대되는 말 속에서 '얼마나 불행한 날일까' 하는 짐작을 하게 하려는 것이지요. 이것을 '반어적 표현'이라고 합니다.

장사가 잘되는 날이었지만, 추적추적 비가 내리는 가운데 이상하게도 김 첨지의 불안은 점점 커져 갑니다. 그리고 마지막 아내의 죽음은 지금까지의 행운 때문에 더더욱 큰 비극으로 다가오지요.

〈운수 좋은 날〉은 구성이 매우 탄탄하고 문장은 정확하고 섬세합니다. 그런 점을 염두에 두고 읽어 보기 바랍니다.

운수 좋은 날

새침하게 흐린 품이 눈이 올 듯하더니, 눈은 아니 오고 얼다가 만 비가 추적추적 내리었다. 이 날이야말로 동소문 안에서 인력거꾼 노릇을 하는 김 첨지에게는 오래간만에도 닥친 운수 좋은 날이었다. 문 안에 (거기도 문 밖은 아니지만) 들어간답시는 앞집 마나님을 전찻길까지 모셔다 드린 것을 비롯하여, 행여나 손님이 있을까 하고 정류장에서 어정어정하며 내리는 사람 하나하나에게 거의 비는 듯한 눈길을 보내고 있다가, 마침내 교사인 듯한 양복쟁이를 동광학교(東光學校)까지 태워다 주기로 되었다.

첫 번에 삼십 전, 둘째 번에 오십 전——. 아침 댓바람에 그리 나쁘지 않은 일이었다. 그야말로 재수가 옴붙어서 근 열흘 동안 돈 구경도 못한 김 첨지는 십 전짜리 백동화 서 푼, 또는 다섯 푼이 찰깍하고 손바닥에 떨어질 때 거의 눈물을 흘릴 만큼 기뻤었다. 더구나 이 날 이 때에

이 팔십 전이라는 돈이 그에게 얼마나 유용한지 몰랐다. 컬컬한 목에 모주 한잔도 적실 수 있거니와, 그보다도 앓는 아내에게 설렁탕 한 그릇도 사다 줄 수 있음이다.

그의 아내가 기침으로 쿨룩거리기는 벌써 달포가 넘었다. 조밥도 굶기를 먹다시피 하는 형편이니 물론 약 한 첩 써 본 일이 없다. 구태여 쓰려면 못 쓸 바도 아니로되, 그는 병이란 놈에게 약을 주어 보내면 재미를 붙여서 자꾸 온다는 자기의 신조(信條)에 어디까지 충실하였다. 따라서 의사에게 보인 적이 없으니 무슨 병인지는 알 수 없으나, 반듯이 누워 가지고 일어나기는커녕 새로 모로도 못 눕는 걸 보면 중증은 중증인 듯. 병이 이대도록 심해지기는 열흘 전에 조밥을 먹고 체한 때문이다. 그 때도 김 첨지가 오래간만에 돈을 얻어서 좁쌀 한 되와 십 전짜리 나무 한 단을 사다 주었더니, 김 첨지의 말에 의하면, 오라질 년이 천방지축(天方地軸)으로 냄비에 넣고 끓였다. 마음은 급하고 불길은 닿지 않아 채 익지도 않은 것을 그 오라질 년이 숟가락은 그만두고 손으로 움켜서 두 뺨에 주먹덩이 같은 혹이 불거지도록 누가 빼앗을 듯이 처넣더니만 그 날 저녁부터 가슴이 땅긴다, 배가 켕긴다 하고 눈을 홉뜨고 지랄을 하였다. 그 때 김 첨지는 열화와 같이 성을 내며,

"에이, 오라질 년. 조랑복은 할 수가 없어. 못 먹어 병, 먹어서 병, 어쩌란 말이야! 왜 눈을 바로 뜨지 못해!"

새침하게 짐짓 쌀쌀한 기색을 꾸미고 있는 모양
동소문 옛 서울의 여덟 개 성문 중 하나인 '혜화문'을 달리 부르는 말
전 예전에 돈을 세던 단위
댓바람 일이나 때를 당하여 서슴치 않고 당장
백동화 옛날 동전의 한 종류로 은빛이다.
모주 약주를 뜨고 난 찌꺼기 술
달포 한 달이 조금 넘는 기간
조밥 좁쌀로 짓거나 쌀에 좁쌀을 섞어 지은 밥
홉뜨고 눈알을 굴려 눈시울을 위로 치뜨고

하고 앓는 이의 뺨을 한 번 후려 갈겼다. 홉뜬 눈은 조금 바르게 되었건 만 이슬이 맺히었다. 김 첨지의 눈시울도 뜨끈뜨끈하였다.

환자는 그러고도 먹는 데는 물리지 않았다. 사흘 전부터 설렁탕 국물 이 마시고 싶다고 남편을 졸랐다.

"이런 오라질 년! 조밥도 못 먹는 게 설렁탕은. 또 처먹고 지랄병을 하게."
라고 야단을 쳐 보았건만, 못 사 주는 마음이 시원치는 않았다.

인제 설렁탕을 사 줄 수도 있다. 앓는 어미 곁에서 배고파 보채는 개 똥이(세 살먹이)에게 죽을 사 줄 수도 있다. 팔십 전을 손에 쥔 김 첨지 의 마음은 푼푼하였다.

그러나, 그의 행운은 그걸로 그치지 않았다. 땀과 빗물이 섞여 흐르 는 목덜미를 기름 주머니가 다 된 왜목 수건으로 닦으며, 그 학교 문을 돌아 나올 때였다. 뒤에서 "인력거!" 하고 부르는 소리가 났다. 자기를 불러 멈춘 사람이 그 학교 학생인 줄 김 첨지는 한번 보고 짐작할 수 있 었다. 그 학생은 다짜고짜로,

"남대문 정거장까지 얼마요?"
라고 물었다. 아마도 그 학교 기숙사에 있는 이로 겨울 방학을 이용하 여 귀향하려 하는 것이리라. 오늘 가기로 작정은 하였건만, 비는 오고 짐은 있고 해서 어찌할 줄 모르다가 마침 김 첨지를 보고 뛰어 나왔음 이리라. 그렇지 않다면 왜 구두를 채 신지 못해서 질질 끌고, 비록 '고 쿠라' 양복일망정 계속 비를 맞으며 김 첨지를 뒤쫓아 나왔으랴.

"남대문 정거장까지 말씀입니까?"

하고, 김 첨지는 잠깐 주저하였다. 이 빗속에 비옷도 없이 그 먼 곳을 철벅거리고 가기가 싫었던 것일까? 처음 것, 둘째 것으로 그만 만족한 것이었을까? 아니다. 결코 아니다. 이상하게도 꼬리를 맞물고 덤비는 이 행운 앞에 조금 겁이 났던 것이다. 그리고 집을 나올 때 했던 아내의 부탁이 마음에 켕기었다. 앞집 마나님한테서 부르러 왔을 때 환자는 그 뼈만 남은 얼굴에 유달리 크고 움푹한 눈에다 애걸하는 빛을 띠며,

"오늘은 나가지 말아요. 제발 집에 붙어 있어요. 내가 이렇게 아픈데……."

하고 모기 소리같이 중얼거리며 숨을 걸그렁걸그렁하였다. 그래도 김 첨지는 대수롭지 않은 듯이.

오늘은 나가지 말라는 말이 불길한 느낌을 준다. 김 첨지의 불안함을 드러내며 긴장감을 준다.

풍풍하였다 모자람 없이 넉넉하였다.
왜목 광목. 무명실로 너비를 넓게 짠 베
고쿠라 일본 고쿠라 지방에서 생산되는 두꺼운 무명
켕기었다 속으로 은근히 거리끼거나 겁이 났다.

　“압다, 젠장맞을 년. 빌어먹을 소리를 다 하네. 맞붙들고 앉았으면 누가 먹여 살릴 줄 알아?”

하고 훌쩍 뛰어 나오려니까 환자는 붙잡을 듯이 팔을 내저으며,

　“나가지 말래도 그래. 그러면 일찍이 들어와요.”

하고 목메인 소리가 뒤를 따랐다. 정거장까지 가잔 말을 들은 순간에 경련을 일으키듯이 떠는 손, 유달리 큼직한 눈, 울 듯한 아내의 얼굴이 김 첨지의 눈앞에 어른어른하였다.

　“그래, 남대문 정거장까지 얼마란 말이요?”

하고 학생은 초조한 듯이 인력거꾼의 얼굴을 바라보며 혼잣말같이,

　“인천 차가 열한 점에 있고, 그 다음에는 새로 두 점이던가.”

라고 중얼거린다.

　“일 원 오십 전만 줍시요.”

　이 말이 저도 모를 사이에 불쑥 김 첨지의 입에서 떨어졌다. 제 입으로 부르고도 스스로 그 엄청난 돈 액수에 놀래었다. 한꺼번에 이런 금액을 불러라도 본 지가 그 얼마 만인가! 그러자, 그 돈 벌 용기가 병자에 대한 염려를 사르고 말았다. 설마 오늘 안으로 어떠랴 싶었다. 무슨 일이 있더라도 제일 제이의 행운을 곱친 것보다도 오히려 갑절이 많은 이 행운을 놓칠 수 없다 하였다.

　“일 원 오십 전은 너무 과한데.”

　이런 말을 하며 학생은 고개를 기웃하였다.

　“아니올시다. 이수로 치면 여기서 거기가 시오 리가 넘는답니다. 또 이런 진날에는 좀 더 주셔야지요.”

하고 빙글빙글 웃는 차부의 얼굴에는 숨길 수 없는 기쁨이 넘쳐 흘렀다.

"그러면 달라는 대로 줄 터이니 빨리 가요."

관대한 어린 손님은 그런 말을 남기고 총총히 옷도 입고 짐도 챙기러 갈 데로 갔다.

그 학생을 태우고 나선 김 첨지의 다리는 이상하게 가뿐하였다. 달음질을 한다기보다 거의 나는 듯하였다. 바퀴도 어떻게 속히 도는지 구른다느니보다 마치 얼음을 지쳐 나가는 스케이트 모양으로 미끄러져 가는 듯하였다. 언 땅에 비가 내려 미끄럽기도 하였다.

이윽고 끄는 이의 다리는 무거워졌다. 자기 집 가까이 다다른 까닭이다. 새삼스러운 염려가 그의 가슴을 눌렀다.

"오늘은 나가지 말아요. 내가 이렇게 아픈데."

이런 말이 잉잉 그의 귀에 울렸다. 그리고 병자의 움쑥 들어간 눈이 원망하는 듯이 자기를 노려보는 듯하였다. 그러자 엉엉 하고 우는 개똥이의 곡성도 들은 듯싶다. 딸국딸국하고 숨 모으는 소리도 나는 듯싶다.

"왜 이러우? 기차 놓치겠구면."

하고, 탄 이의 초조한 부르짖음이 간신히 그의 귀에 들려 왔다. 언뜻 깨달으니 김 첨지는 인력거 채를 쥔 채 길 한복판에 엉거주춤 멈춰 있지 않은가.

"예, 예."

하고 김 첨지는 또 다시 달음질하였다. 집이 차차 멀어갈수록 김 첨지의 걸음에는 다시금 신이 나기 시작하였다. 다리를 재빠르게 놀

> 김 첨지의 심리가 드러나 있는 부분이다. 큰 돈을 벌게 되었다는 생각에 발걸음이 날아가는 듯 가볍다가 아내를 생각하면 다시 다리가 무거워진다. 행복과 불행이 팽팽한 긴장감을 만들고 있다.

초등 필수 단어장

사르고　불에 태워 없애고
곱친　갑절을 한
이수　거리를 리(里) 단위로 헤아린 수
진날　질퍽질퍽한 날, 비오는 날
차부　인력거를 모는 사람. 여기서는 김 첨지를 가리킨다.

려야만 쉴새없이 자기의 머리에 떠오르는 모든 근심과 걱정을 잊을 듯이…….

정거장까지 끌어다 주고 그 깜짝 놀란 일 원 오십 전을 정말 제 손에 쥐고는 말마따나 십 리나 되는 길을 비를 맞아가며 질척거리고 온 생각은 아니하고, 거저 얻은 듯이 고마웠다. 졸부나 된 듯이 기뻤다. 제 자식뻘밖에 안 되는 어린 손님에게 몇 번 허리를 굽히며,

"안녕히 다녀옵시오."
라고, 깍듯이 재우쳤다.

그러나 빈 인력거를 털털거리며 이 빗속에 돌아갈 일이 꿈 같았다. 노동으로 인해 흐른 땀이 식자 굶주린 창자에서 물 흐르는 옷에서 어슬어슬 한기가 솟아 나기 시작함에, 일 원 오십 전이란 돈이 얼마나 귀찮고 괴로운 것인 줄 절실히 느끼었다. 정거장을 떠나는 그의 발길은 힘이 하나도 없었다. 온몸이 옹송그려지며 당장 그 자리에 엎어져 못 일어날 것 같았다.

"젠장맞을 것! 이 비를 맞으며 빈 인력거를 털털거리고 돌아간담? 이런 빌어먹을, 이 놈의 비가 왜 남의 상판을 딱딱 때려!"

그는 몹시 화를 내며 누구에게 반항이나 하는 듯이 떠들었다. 그럴 즈음에 그의 머리엔 또 새로운 광명이 비쳤나니, 그것은 '이리고 갈 게 아니라 이 근처를 빙빙 돌며 차 오기를 기다리면 또 손님을 태우게 되는지도 몰라.'란 생각이었다. 오늘 운수가 괴상하게도 좋으니까 그런 요행이 또 한번 없으리라고 누가 보

재우쳤다 재촉하거나 몰아쳤다.
한기 추운 기운
옹송그려지며 추워서 움츠러들며
상판 '얼굴'을 가리키는 속어

증하랴. 꼬리를 잇는 행운이 꼭 자기를 기다리고 있다는 내기를 해도 좋을 만한 믿음을 얻게 되었다. 그렇지만 정거장 인력거꾼의 등쌀이 무서워 정거장 앞에 섰을 수가 없었다. 그래 그는 이전에도 여러 번 해 본 일이라 바로 정거장에서 조금 떨어져서 사람 다니는 길과 전차 길 틈에 인력거를 세워 놓고, 자기는 그 근처를 빙빙 돌며 두고보기로 하였다. 얼마 만에 기차는 왔고 수십 명이나 되는 사람들이 정류장으로 쏟아져 나왔다. 그 중에서 손님을 물색하던 김 첨지의 눈에 양머리에 뒤축 높은 구두를 신고 망토까지 두른 기생 퇴물인 듯, 난봉 여학생인 듯한 여편네의 모양이 띄었다. 그는 살금살금 그 여자의 곁으로 다가갔다.

"아씨, 인력거 아니 타시랍시요?"

그 여학생인지 뭔지가 한참은 매우 태깔을 빼며 입술을 꼭 다문 채 김 첨지를 거들떠보지도 않았다. 김 첨지는 구경하는 거지나 무엇같이 연해 연방 그의 기색을 살피며,

"아씨, 정거장 애들보담 아주 싸게 모셔다 드리겠습니다. 댁이 어디신가요?"

하고 추근추근하게도 그 여자의 들고 있는 일본식 버들고리짝에 제 손을 대었다.

"왜 이래? 남 귀찮게."

소리를 벼락같이 지르고는 돌아선다. 김 첨지는 어랍시요 하고 물러섰다.

전차가 왔다. 김 첨지는 원망스럽게 전차 타는 이를 노리고 있었다. 그러나, 그의 예감을 틀리지 않았다. 전차가 빡빡하게 사람을 싣고 움

직이기 시작하였을 때 타고 남은 손님 하나가 있었다. 굉장하게 큰 가
방을 들고 있는 걸 보면 아마 붐비는 차 안에 짐이 크다 하여 차장에게
밀려 내려온 눈치였다. 김 첨지는 대어 섰다.

　"인력거를 타시랍시요."

　한동안 값으로 실랑이를 하다가 육십 전에 인사동까지 태워다 주기
로 하였다. 인력거가 무거워지매 그의 몸은 이상하게도 가벼워졌고, 그
리고 또 인력거가 가벼워져서 몸은 다시금 무거워졌는데, 이번에는 마
음조차 초조해 온다. 집의 광경이 자꾸 눈앞에 어른거리어 이젠 요행
을 바랄 여유도 없었다. 나무 등걸이나 무엇 같고 제 것 같지도 않은 다
리를 연해 꾸짖으며 갈팡질팡 뛰는 수밖에 없었다. 저 놈의 인력거꾼이
저렇게 술이 취해 가지고 이 진 땅에 어찌 가노 하고, 길 가는 사람이
걱정을 하리만큼 그의 걸음은 황급하였다.

　흐리고 비오는 하늘은 어둠침침한 게 벌써 황혼에 가까운 듯하다. 창
경원 앞까지 다다라서야 그는 턱에 닿는 숨을 돌리고 걸음도 늦추 잡았
다. 한 걸음 두 걸음 집이 가까워 올수록 그의 마음은 괴상하게 누그러
졌다. 그런데 이 누그러짐은 안심에서 오는 게 아니요, 자기를 덮친 무
서운 불행이 다가온 것을 두려워하는 마음에서 오는 것이다.

　그는 불행이 닥치기 전 시간을 얼마쯤
이라도 늘리려고 버르적거렸다. 기적에 가
까운 벌이를 하였다는 기쁨을 될 수 있는
한 오래 지니고 싶었다. 그는 두리번두리
번 사방을 살피었다. 그 모양은 마치 자기

양머리　서양식으로 꾸민 머리
난봉　방탕한 짓을 하는 사람
태깔을 빼며　교만한 태도를 보이며
버들고리짝　옷을 넣는, 버들의 가
지로 짠 상자
버르적거렸다　고통스러운 일에서
헤어나려고 팔다리를 내저으며 움
직였다.

집, 곧 불행을 향하고 달려가는 제 다리를 제 힘으로는 도저히 어찌할
수 없으니 누구든지 나를 좀 잡아 다오, 구해 다오 하는 듯하였다.

그럴 즈음에 마침 길가 선술집에서 친구 치삼이가 나온다. 그의 우글
우글 살진 얼굴은 주홍이 돋는 듯하고, 온 턱과 뺨을 시커멓게 구레나
룻이 덮고 있다. 노르탱탱한 얼굴이 바짝 말라서 여기저기 고랑이 파이
고, 수염도 있대야 턱밑에만, 마치 솔잎 송이를 거꾸로 붙여 놓은 듯한
김 첨지의 풍채하고는 기이한 대상을 짓고 있었다.

"여보게, 김 첨지. 자네 문 안 들어갔다 오는 모양일세그려. 돈 많이
벌었을 테니 한잔하게."

뚱뚱보는 말라깽이를 보자 부르짖었다. 그 목소리는 몸짓과 딴판으
로 연하고 싹싹하였다. 김 첨지는 이 친구를 만난 게 어떻게 반가운지
몰랐다. 자기를 살려 준 은인이나 무엇같이 고맙기도 하였다.

"자네는 벌써 한잔한 모양일세그려. 자네도 재미가 좋아 보이."
하고 김 첨지는 얼굴을 펴서 웃었다.

"압다. 재미 안 좋다고 술 못 먹을 나인가. 그런데 여보게, 자네 온몸
이 어째 물독에 빠진 새앙쥐 같은가? 어서 이리 들어와 말리게."

선술집은 훈훈하고 뜨뜻하였다. 추어탕을 끓이는 솥뚜껑을 열 적마
다 뭉게뭉게 떠 오르는 흰 김, 석쇠에서 빠지짓 빠지짓 구워지는 너비
아니 구이며, 제육이며, 간이며, 콩팥이며, 북어며, 빈대떡……. 이 너
저분하게 늘어놓은 안주 탁자에 김 첨지는 갑자기 속이 쓰려서 견딜 수
없었다. 마음대로 할 양이면 거기 있는 모든 먹음직한 것들을 모조리
깡그리 집어 삼켜도 시원치 않았다. 하되, 배고픈 이는 우선 분량 많은

빈대떡 두 개를 먹고 추어탕을 한 그릇 청하였다. 주린 창자는 음식 맛을 보더니 더욱더욱 비어지며 자꾸자꾸 들이라 들이라 하였다. 순식간에 두부와 미꾸라지 든 국 한 그릇을 그냥 물같이 들이키고 말았다. 셋째 그릇을 받아 들었을 때 데우던 막걸리 곱빼기 두 잔이 더웠다. 치삼이와 같이 마시자 원래 비었던 속이라 찌르르 하고 창자에 퍼지며 얼굴이 화끈하였다. 더하여 곱빼기 한 잔을 또 마셨다.

김 첨지의 눈은 벌써 개개 풀리기 시작하였다. 석쇠에 얹힌 떡 두개를 숭덩숭덩 썰어서 볼을 볼록거리며 또 곱빼기 두 잔을 부어라 하였다. 치삼은 의아한 듯이 김 첨지를 보며,

"여보게. 또 붓다니, 벌써 우리가 넉 잔씩 먹었네. 돈이 사십 전일세."

"아따 이 놈아, 사십 전이 그리 끔찍하냐? 오늘 내가 돈을 막 벌었어. 참 오늘 운수가 좋았느니."

"그래 얼마를 벌었단 말인가?"

"삼십 원을 벌었어, 삼십 원을! 이런 젠장맞을, 술을 왜 안 부어……괜찮다, 괜찮아. 막 먹어도 상관이 없어. 오늘 돈 산더미같이 벌었는데."

"어, 이 사람 취했군, 그만두세."

"이 놈아, 이걸 먹고 취할 나냐? 어서 더 먹어."

하고는 치삼의 귀를 잡아 채며 취한 이는 부르짖었다. 그리고, 술을 붓는 열다섯 살 됨직한 중대가리에게

로 달려들며,

　“이 놈, 오라질 놈, 왜 술을 붓지 않아.”

라고 야단을 쳤다. 중대가리는 히히 웃고 치삼이를 보며 묻는 듯이 눈
짓을 하였다. 주정꾼이 이 눈치를 알아보고 화를 버럭 내며,

　“이 오라질 놈들 같으니. 이 놈, 내가 돈이 없을 줄 알고?”

　하자마자 허리춤을 훔척훔척하더니 일 원짜리 한 장을 꺼내어 중대
가리 앞에 펄쩍 집어 던졌다. 그 와중에 몇 푼 은전이 잘그랑 하며 떨
어진다.

　“여보게, 돈 떨어졌네. 왜 돈을 막 끼얹나.”

　이런 말을 하며 일변 돈을 줍는다. 김 첨지는 취한 중에도 돈의 거처
를 살피는 듯이 눈을 크게 떠서 땅을 내려다보다가 불시에 제 하는 짓
이 너무 더럽다는 듯이 고개를 소스라치자 더욱 성을 내며,

　“봐라 봐! 이 더러운 놈들아, 내가 돈이 없나! 다리 뼉다구를 꺾어 놓
을 놈들 같으니.”

하고 치삼이 주워 주는 돈을 받아,

　“이 원수엣 돈! 이 육시를 할 돈!”

하면서 팔매질을 친다. 벽에 맞아 떨어진 돈은 다시 술 끓이는 양푼에

떨어지며 정당한 매를 맞는다는 듯이 쨍 하고 울었다.

곱빼기 두 잔은 또 부어질 겨를도 없이 사라져 갔다. 김 첨지는 입술과 수염에 붙은 술을 빨아 들이고 나서 매우 만족한 듯이 그 솔잎 송이 수염을 쓰다듬으며,

"또 부어, 또 부어."

라고 외쳤다. 또 한 잔 먹고 나서 김 첨지는 치삼의 어깨를 치며 문득 껄껄 웃는다. 그 웃음소리가 어찌나 컸던지 술집에 있는 이의 눈이 모두 김 첨지에게로 몰리었다. 웃는 이는 더욱 웃으며,

"여보게, 치삼이. 내 우스운 이야기 하나 할까? 오늘 손님을 태우고 정거장에까지 가지 않았겠나."

"그래서?"

"갔다가 그저 오기가 안됐대그려. 그래 전차 정류장에서 어름어름하며 손님 하나를 태울 궁리를 하지 않았나. 거기 마침 마나님이신지 여학생이신지, 요새야 어디 기생과 아가씨를 구별할 수가 있던가. 망토를 잡수시고 비를 맞고 서 있겠지. 슬금슬금 가까이 가서 인력거를 타십시오 하고 손가방을 받으랴니까 내 손을 탁 뿌리치고 홱 돌아서더니만 '왜 남을 이렇게 귀찮게 굴어!' 그 소리야말로 꾀꼬리 소리지, 허허!"

김 첨지는 교묘하게도 정말 꾀꼬리 같은 소리를 내었다. 모든 사람은 일시에 웃었다.

"빌어먹을. 누가 저를 어쩌나? '왜 남을 귀찮게 굴어!' 어이구, 소리가 채신도 없지. 허허."

육시 목을 베는 형벌
팔매질 작은 물건을 힘껏 던지는 행동
채신도 없지 처신을 경솔히 하여 남을 대하는 위신도 없지

웃음소리들은 높아졌다. 그런 그 웃음소리들이 사라지기 전에 김 첨지는 훌쩍훌쩍 울기 시작하였다.

치삼은 어이없이 주정뱅이를 바라보며,

"금방 웃고 지랄을 하더니, 우는 건 무슨 일인가?"

김 첨지는 연해 코를 들여 마시며,

"우리 마누라가 죽었다네."

"뭐, 마누라가 죽다니, 언제?"

"이 놈아, 언제는. 오늘이지."

"예끼, 미친 놈. 거짓말 말아."

"거짓말은 왜, 참말로 죽었어⋯⋯. 참말로. 마누라 시체를 집에 뻐들쳐 놓고 내가 술을 먹다니, 내가 죽일 놈이야. 죽일 놈이야."

하고 김 첨지는 엉엉 소리 내어 운다. 치삼은 흥이 조금 깨어지는 얼굴로,

"원, 이 사람아. 참말을 하나, 거짓말을 하나. 그러면 집으로 가세, 가."

하고 우는 이의 팔을 잡아당기었다. 치삼의 끄는 손을 뿌리치더니 김 첨지는 눈물이 글썽글썽한 눈으로 싱그레 웃는다.

"죽기는 누가 죽어."

하고 득의 양양,

"죽기는 왜 죽어. 생때같이 살아만 있단다. 그 오라질 년이 밥을 죽이지. 나한테 속았다."

하고 어린애 모양으로 손뼉을 치며 웃는다.

"이 사람이 정말 미쳤단 말인가. 나도 아주먼네가 앓는단 말은 들었었는데."

하고 치삼이도 어떤 불안을 느끼는 듯이 김 첨지에게 또 돌아가라고 권하였다.

"안 죽었어. 안 죽었대도 그래."

김 첨지는 화를 내며 확신 있게 소리를 질렀으되 그 소리엔 안 죽은 것을 믿으려고 애쓰는 기색이 있었다. 기어이 일 원어치를 채워서 곱빼기를 한 잔씩 더 먹고 나왔다. 궂은 비는 의연히 추적추적 내린다.

김 첨지는 취중에도 설렁탕을 사 가지고 집에 다다랐다. 집이라 해도 물론 셋집이요, 또 집 전체를 세 든 게 아니라 안과 뚝 떨어진 행랑방 한 간을 빌어 든 것인데 물을 길어 대고 한 달에 일 원씩 내는 터이다. 만일 김 첨지가 주기를 띠지 않았던들 한 발을 대문에 들여 놓았을 때 그 곳을 지배하는 무시무시한 정적(靜寂) —— 폭풍우가 지나간 뒤의 바다 같은 정적에 다리가 떨렸으리라. 쿨룩거리는 기침 소리도 들을 수 없다. 그르렁거리는 숨소리조차 들을 수 없다. 다만 이 무덤 같은 침묵을 깨뜨리는, 깨뜨린다느니보다 한층 더 침묵을 깊게 하고 불길하게 하는 빡빡거리는 그윽한 소리, 어린애의 젖 빠는 소리가 날 뿐이다. 만일 청각이 예민한 이 같으면, 그 빡빡 소리는 빨 따름이요, 꿀떡꿀떡하고 젖 넘어가는 소리가 없으니, 빈 젖을 빤다는 것도 짐작할런지 모르리라. 혹은 김 첨지도 이 불길한 침묵을 짐작했는지도 모른다. 그렇지 않으면 대문에 들어서자마자 전에 없이,

"이 난장 맞을 년, 남편이 들어오는데 나와 보지도 않아. 이 오라질 년."

이라고 고함을 친 게 수상하다. 이 고

함이야말로 제 몸을 엄습해오는 무시무시한 기분을 쫓아 버리려는 허장성세인 까닭이다.

　하여간 김 첨지는 방문을 왈칵 열었다. 구역을 나게 하는 추기 ── 떨어진 삿자리 밑에서 나온 먼지 냄새, 빨지 않은 지저귀에서 나는 똥 냄새와 오줌 냄새, 가지각색 때가 켜켜이 앉은 옷 냄새, 병인의 땀 섞인 냄새가 섞인 추기가 무딘 김 첨지의 코를 찔렀다. 방 안에 들어서며 설렁탕을 한구석에 놓을 사이도 없이 주정꾼은 목청을 있는 대로 다 내어 호통을 쳤다.

　"이 오라질 년. 주야장천(晝夜長川) 누워만 있으면 제일이야! 남편이 와도 일어나지를 못해."

라는 소리와 함께 발길로 누운 이의 다리를 몹시 찼다. 그러나 발길에 채이는 건 사람의 살이 아니고 나무등걸과 같은 느낌이 있었다. 이 때에 빽빽 소리가 응아 소리로 변하였다. 개똥이가 물었던 젖을 빼어 놓고 운다. 운대도 온 얼굴을 찡그려 붙여서 운다는 표정을 할 뿐이다. 응

아 소리도 입에서 나는 게 아니고, 마치 뱃속에서 나는 듯하였다. 울다가 울다가 목도 잠겼고 또 울 기운조차 떨어진 것 같다.

발로 차도 그 보람이 없는 걸 보자, 남편은 아내의 머리맡으로 달려들어 그야말로 까치집 같은 환자의 머리를 치켜 들어 흔들며,

"이 년아, 말을 해, 말을! 입이 붙었어, 이 오라질 년!"

"……"

"으응, 이것 봐. 아무 말이 없네."

"……"

"이 년아, 죽었단 말이냐. 왜 말이 없어?"

"……"

"으응, 또 대답이 없네. 정말 죽었나버이."

이러다가 누운 이의 흰자위가 검은자위를 덮은, 위로 치뜬 눈을 알아보자마자,

"이 눈깔! 이 눈깔! 왜 나를 바로 보지 못하고 천장만 바라보느냐, 응?"

하는 말끝엔 목이 메었다. 그러자 산 사람의 눈에서 떨어진 닭똥 같은 눈물이 죽은 이의 뻣뻣한 얼굴을 어룽어룽 적시었다. 문득 김 첨지는 미친 듯이 제 얼굴을 죽은 이의 얼굴에 한데 비벼 대며 중얼거렸다.

"설렁탕을 사다 놓았는데 왜 먹지를 못하니, 왜 먹지를 못하니……. 괴상하게도 오늘은 운수가 좋더니만……."

운수가 좋다는 반대되는 상황 설정으로 처절한 현실을 극적으로 드러낸다.

짧은 글 짓기를 해 보아요

1 새침하다

2 댓바람

3 달포

4 푼푼하다

5 진날

이해력을 길러요

1 김 첨지는 어떤 상황에 처해 있나요? 정리하여 써 봅시다.

2 인력거꾼은 어떤 일을 하는 사람일까요? 조사하여 써 보세요.

3 김 첨지에게 운수가 좋았던 그 날은 실제로 어떤 날이었나요?

1 김 첨지는 일하는 중에 계속하여 아침에 아내가 했던 애원하는 말을 떠올립니다. 이 외에도 소설 속에서 불길한 느낌을 주는 장치로는 무엇이 있나요?

2 김 첨지는 왜 집 가까이 갔을 때 인력거를 모는 발걸음이 무거워졌을까요?

3 김 첨지는 왜 일이 끝난 후 바로 집으로 들어가지 않고 망설였나요?

4 다음은 소설에 대한 두 학생의 감상입니다. 이 소설 〈운수 좋은 날〉에 대한 감상이라 할 수 있는 것은 무엇인가요?

　희정　이 소설 속에는 작가가 이상적으로 여기는 세계가 담겨 있어. 자신의 희망과 이상을 소설 속에 아름답게 담아 내고 있지.

　수지　이 소설은 그저 현실을 냉정하게 그려 내고 있을 뿐이야. 현실을 있는 그대로 표현하여 보여 주는 것이 작가의 목적인 듯해.

5 현진건은 우리나라 사실주의 소설의 기틀을 마련한 작가로 평가됩니다. 사실주의란 무엇인지 조사하여 정리해 보세요.

1 이 소설의 제목을 '운수 좋은 날'이라고 지음으로써 작가는 어떠한 효과를 노린 것일까요?

2 이 소설이 쓰인 1920년대의 사회상을 조사하여 소설에 대한 이해를 높여 봅시다.

3 지금도 어느 곳에서는 배고파도 먹지 못하고, 아파도 제대로 치료받을 수 없는 가난한 이들이 있습니다. 이에 대해 우리는 어떤 생각과 행동을 가져야 할지 깊이 생각해 보고 글로 써 보세요.

4 다음은 〈운수 좋은 날〉을 읽고 '소설이 우리에게 주는 것은 무엇일까?'라는 주제로 학생들이 토의한 내용입니다. 이에 대해 자신의 의견을 말해 보세요.

갑순 소설을 읽는 이유는 재미를 위해서야. 〈운수 좋은 날〉은 내가 그동안 읽은 소설과 같은 재미는 없었지만, 결말의 반전 때문에 흥미진진했어.

을희 소설을 읽는 이유가 재미라고? 나는 그렇게 생각하지 않아. 나는 소설을 통해 무언가를 배우고 싶어. 그렇지 않다면 굳이 우리가 소설을 읽어야 할 이유가 있을까?

병준 배운다는 건 교훈을 말하는 거야? 나는 〈운수 좋은 날〉처럼 현실을 있는 그대로 보여 주는 것도 나에게 도움이 된다고 생각하는데. 현실을 다시 한 번 돌아볼 수 있잖아.

을희 하지만 소설이라면 무언가 도움 되는 글귀가 담겨 있거나, 읽으면서 어떤 희망을 느낄 수 있어야 하는 것 아니야? 〈운수 좋은 날〉에서는 그런 것을 느낄 수가 없었어.

병준 재미나 교훈이 없고, 희망을 말해 주지 않는다고 해서 그 소설에 가치가 없는 걸까? 나는 〈운수 좋은 날〉을 읽으면서 참 많은 생각을 했는데.

벙어리 삼룡이

나도향 지음

나도향 선생님은 1902년에 서울에서 태어났습니다. 배재학당을 졸업하고 일본의 와세다 대학에 진학했으나 집안 형편 때문에 중도에 학업을 그만두고 소설가의 길을 걸었습니다. 같은 문학가인 현진건, 이상화 선생님과 함께 〈백조〉라는 문예 동인지를 만들어 활동했습니다.

처음에는 낭만적인 색채가 짙은 작품을 썼으나, 후에는 현실을 표현하기 위해 노력했습니다. 〈벙어리 삼룡이〉도 그런 특성이 잘 나타나 있는 작품입니다. 그 외의 작품으로는 단편소설 〈물레방아〉, 장편소설 〈환희〉 등이 있습니다.

24세의 젊은 나이에 죽어 많은 작품을 만나 볼 수는 없으나, 몇 편의 소설 속에서 큰 가능성을 보여 주었습니다.

　　삼룡이는 키가 아주 작고 얼굴은 몹시 얽었으며 듣지도 말하지도 못하는 벙어리입니다. 그렇지만 부지런하고 심성이 착해 주인인 오 생원은 삼룡이를 매우 아꼈습니다. 그러나 비뚤어진 성격을 가진 오 생원의 아들은 삼룡이를 못살게 굴었습니다. 결혼 후에는 아내까지도 구박했습니다. 꾹 참기만 하던 삼룡이도 곱디고운 아씨를 구박하는 것만은 이해할 수가 없었습니다.

　　어느 날 삼룡이는 아씨를 변호하다 오히려 아들에게 의심을 받고 전보다 더 심하게 맞습니다. 그리고 얼마 후 주인 아들의 구박을 견디다 못한 아씨가 자살하려는 것을 삼룡이가 발견하고 목숨을 구했지요. 그러나 그로 인해 삼룡이는 오해를 받고 집에서 쫓겨나게 됩니다.

　　삼룡이의 마음 속에서는 분노가 치밀어 오르고 복수심이 불타 올랐습니다. 그 날 밤 오 생원의 집은 삼룡이가 낸 불에 휩싸입니다. 불길 속으로 뛰어든 삼룡이는 주인을 구한 뒤 아씨를 찾아 헤맸습니다. 아씨를 안고서 타오르는 불길을 피해 지붕으로 올라가지만 더 이상 견디지 못하고 죽음을 맞게 되지요. 그러나 사랑하는 사람을 품에 안고 삼룡이는 처음으로 살아 있다고 느낍니다.

〈벙어리 삼룡이〉는 1925년에 쓰여진 작품입니다. 당시 사회는 신분에 의한 차별이 그대로 남아 있었습니다.

우리는 이 소설을 읽으며 매우 비극적인 느낌을 갖게 됩니다. 삼룡이를 둘러싼 현실의 벽은 뛰어 넘기에 너무나 높습니다. 그러나 신분의 차이와 불편한 몸에도 불구하고 삼룡이는 마음속에 순결하고 아름다운 사랑을 간직합니다. 주인 아씨를 하늘의 달과 별 같다고 느끼고, 불길에 휩싸여 생을 마감하면서도 행복해하는 그의 모습은 매우 낭만적이지요? 그래서 이 소설을 사실주의 소설이면서 동시에 낭만주의 소설이라고 합니다.

삼룡이는 주인 아들이 아무리 못된 짓을 해도 꾹 참기만 합니다. 스물세 살이 될 때까지 이성을 사랑해 본 적도 없습니다. 삼룡이는 휴화산 같은 존재라고 할 수 있습니다. 오 생원의 집이 불타 오르는 것은 삼룡이 자신의 사랑이 타 오르는 것같이 보입니다. 저자는 마지막 장면에서 그 동안 가라앉아 있던 삼룡이의 열정이 한순간 불타 오르는 모습을 보여 주고 싶었던 건지도 모르지요.

그런데 삼룡이는 자신의 사랑만을 불태운 것이었을까요? 그 동안 묵묵히 참아 왔던 세상에 대한 원망과 울분도 함께 타오른 것이 아닐까요? 한번 생각해 봅시다.

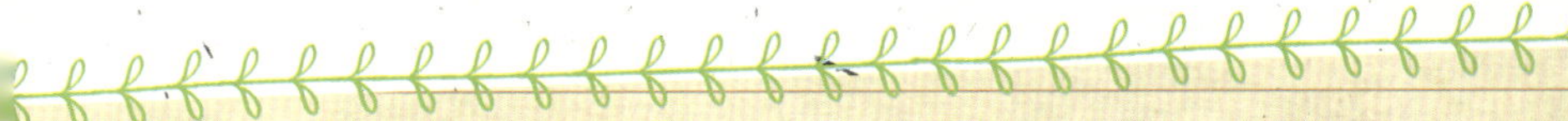

벙어리 삼룡이

내가 열 살이 될락말락한 때이니까 지금으로부터 십사오 년 전 일이다.

지금은 그 곳을 청엽정(靑葉町)이라 부르지만 그 때는 연화봉(蓮花峰)이라고 이름하였다. 즉 남대문에서 바로 내려다보면 오정포(午正砲)가 놓여 있는 산등성이가 있으니 그 산등성이 이 쪽이 연화봉이요, 그 사이에 있는 동네가 역시 연화봉이다.

지금은 그 곳에 빈민굴이라고 할 수밖에 없이 지저분한 촌락이 생기고 노동자들밖에 살지 않는 곳이 되어 버렸으나 그 때에는 자기네 딴은 행세한다는 사람들이 있었다.

집이라고는 십여 호밖에 있지 않았고 그 곳에 사는 사람들은 대개 과목 밭을 하고, 또 채소를 심거나, 아니면 콩나물을 길러서 생활을 하여 갔었다.

여기에 그 중 큰 과목 밭을 갖고 그 중 여유 있는 생활을 하여 가는 사람이 하나 있었는데, 그의 이름은 잊어 버렸으나 동네 사람들이 부르기를 오 생원(吳生員)이라고 불렀다.

얼굴이 동탕하고 목소리가 마치 여름에 버드나무에 앉아서 길게 목늘여 우는 매미 소리같이 저르렁저르렁하였다.

그는 몹시 부지런한 중년 늙은이로, 아침이면 새벽 일찍이 일어나서 앞뒤로 뒷짐을 지고 돌아다니며 집안일을 보살피는데, 그 동네에는 그가 마치 시계와 같아서 그가 일어나는 때가 동네 사람들이 일어나는 때였다. 만일 그가 아침에 돌아다니며 잔소리를 하지 않으면 동네 사람들이 이상하여 그의 집으로 가 보면 그는 반드시 몸이 불편하여 누워 있었다. 그러나 그와 같은 때는 일년 삼백육십 일에 한 번 있기가 어려운 일이요, 이 년이나 삼 년에 한 번 있거나 말거나 하였다.

그가 이 곳으로 이사를 온 지는 얼마 되지는 아니하나 언제든지 감투를 쓰고 다니므로 동네 사람들은 양반이라고 불렀고, 또 그 사람도 동네 사람들에게 그리 인심을 잃지 않으려고 섣달이면 북어쾌, 김톳을 동네 사람에게 나눠 주며 농사 때에 쓰는 연장도 넉넉히 장만한 후 아무 때나 동네 사람들이 쓰게 하므로 그 동네에서는 가장 인심 후하고 존경을 받는 집인 동시에 세력 있는 집이다.

그 집에는 삼룡(三龍)이라는 벙어리 하인 하나가 있으니 키가 본시 크지 못하여 땅딸보로 되었고 고개가 빼지 못하여 몸뚱이에 대강이를 갖다가 붙인 것 같다. 거기다

가 얼굴이 몹시 얽고 입이 크다. 머리는 전에 새 꼬랑지 같은 것을 주인의 명령으로 깎기는 깎았으나 불밤송이 모양으로 언제든지 푸 하고 일어섰다. 그래 걸어 다니는 것을 보면, 마치 옴두꺼비가 서서 다니는 것 같이 숨차 보이고 더디어 보인다. 동네 사람들이 부르기를 삼룡이라고 부른 법이 없고 언제든지 '벙어리' '벙어리'라고 하든지 그렇지 않으면 '앵모' '앵모' 한다. 그렇지만 삼룡이는 그 소리를 알지 못한다.

그도 이 집 주인이 이리로 이사를 올 때에 데리고 왔으니 진실하고 충성스러우며 부지런하고 세차다. 눈치로만 지내 가는 벙어리지마는 듣는 사람보다 슬기롭기도 하고 평생 조심성이 있어서 결코 실수한 적이 없다.

아침에 일어나면 마당을 쓸고, 소와 돼지의 여물을 먹이며, 여름이면 밭에 풀을 뽑고 나무를 실어 들이고 장작을 패며, 겨울이면 눈을 쓸며 장 심부름과 진일 마른일 할 것 없이 못 하는 일이 없다.

그럴수록 이 집 주인은 벙어리를 위해 주며 사랑한다. 혹시 몸이 불편한 기색이 있으면 쉬게 하고, 먹고 싶어하는 듯한 것은 먹이고, 입을 때 입히고 잘 때 재운다.

그런데 이 집에는 삼대독자로 내려오는 그 집 아들이 있다. 나이는 열 일곱 살이나 아직 열 네 살도 되어 보이지 않고 너무 귀엽게 기르기 때문에 누구에게든지 버릇이 없고 어리광을 부리며 사람에게나 짐승에게 잔인 포악한 짓을 많이 한다.

동네 사람들은,

"후레자식! 아비 속상하게 할 자식! 저런 자식은 없는 것만 못해."

하고 욕들을 한다. 그래서 그의 어머니는 아들이 잘못할 때마다 그의 영감을 보고,

"그 자식을 좀 때려 주구려. 왜 그런 것을 보고 가만 두오."

하고 자기가 대신 때려 주려고 나서면,

"아뇨, 아직 철이 없어 그렇지. 저도 지각이 나면 그렇지 않을 것이 아뇨."

하고 너그럽게 타이른다.

그러면 마누라는 왜가리처럼 소리를 지르며,

"철이 없긴 지금 나이가 몇이오. 낼 모레면 스무 살이 되는데, 또 며칠 아니면 장가를 들어서 자식까지 낳을 것이 그래 가지고 무엇을 한단 말이오."

하고 들이대며,

"자식은 꼭 아버지가 버려 놓았습니다. 자식 귀여운 것만 알았지 버릇 가르칠 줄은 모르니까……."

이렇게 싸움만 시작하려 하면 영감은 아무 말도 하지 않고 바깥으로 나가 버린다.

그 아들은 더구나 벙어리를 사람으로 알지도 않는다. 말 못 하는 벙어리라고 오고 가며 주먹으로 허구리를 지르기도 하고 발길로 엉덩이도 찬다.

진일 밥 짓는 일이나 빨래 등 물을 써서 하는 일
마른일 바느질이나 길쌈 따위의 물에 손을 넣지 않고 하는 일
후레자식 버릇 없이 구는 놈
지각이 나면 철이 들면
왜가리 해오라기과의 새
허구리 갈비뼈 아래 쏙 들어간 부분

그러면 그 벙어리는 어린 것이 철 없이 그러는 것이 도리어 귀엽기도 하고 또는 그 힘없는 다리로 자기의 무쇠 같은 몸을 건드리는 것이 우습기도 하고 앙증하기도 하여 돌아서서 방그레 웃으면서 툭툭 털고 다른 곳으로 몸을 피해 버린다.

어떤 때는 낮잠 자는 벙어리 입에다가 똥을 먹인 때도 있었다. 또 어떤 때는 자는 벙어리 두 팔 두 다리를 살며시 동여매고 손가락과 발가락 사이에 화승 불을 붙여 놓아 질겁하고 일어나다가 발버둥질을 하고 죽으려는 사람처럼 괴로워하는 것을 보고 기뻐하였다.

이러할 때마다 벙어리의 가슴에는 비분한 마음이 꽉 들어찼다. 그러나 그는 주인의 아들을 원망하는 것보다 자기가 병신인 것을 원망하였으며 주인의 아들을 저주하기보다 이 세상을 저주하였다.

그러나 그는 결코 눈물을 흘리지 않았다. 그의 눈물은 나오려 할 때 아주 말라붙어 버린 샘물과 같이 나오려 하나 나오지 않았다. 그는 주인의 집을 버릴 줄 모르는 개 모양으로 자기가 있어야 할 곳은 여기밖에 없고 자기가 믿을 것도 여기 있는 사람들밖에 없을 줄 알았다. 여기서 살다가 여기서 죽는 것이 자기의 운명인 줄밖에 알지 못하였다. 자기의 주인 아들이 때리고 지르고 꼬집고 뜯고 모든 방법으로 학대할지라도 그것이 자기에게 으레 있을 줄밖에 알지 못하였다. 아픈 것도 그 아픈 것이 으레 자기에게 돌아올 것이요, 쓰린 것도 자기가 받지 않아서는 안 될 것으로 알았다. 그는 이 마땅히 자기가 받아야 할 것을 어떻게 해야 면할까 하는 생각을 한 번도 하여 본 일이 없었다.

그가 이 집에서 떠나 가려거나 또는 그의 생활 환경에서 벗어나려는 생각은 한 번도 해 보지 못하였다 할지라도 그는 언제든지 그 주인 아들이 자기를 학대하고 또는 자기를 못살게 굴 때 그는 자기의 주먹과 또는 자기의 힘을 생각하여 보았다.

주인 아들이 자기를 때릴 때 그는 주인 아들 하나쯤은 넉넉히 제지할 힘이 있는 것을 알았다.

어떠한 때는 아픔과 쓰림이 자기의 몸으로 스미어 들 때면 그의 주먹은 떨리면서 어린 주인의 몸을 치려 하다가, 그것을 무서운 고통과 함께 꽉 참았다.

그는 속으로,

'아니다, 그는 나의 주인의 아들이다. 그는 나의 어린 주인이다.'

하고 꾹 참았다.

그러고는 그것을 얼핏 잊어 버렸다. 그러다가도 동넷집 아이들과 혹시 장난을 하다가 주인 아들이 울고 들어올 때에는 그는 황소같이 날뛰면서 주인을 위하여 싸웠다. 그래서 동네에서도 어

양증 모양이 제격에 어울리지 않게 작음
화승 옛날에 쓰던, 화약을 터뜨릴 때 불을 붙이던 노끈
비분한 슬프고 분한
지르고 힘껏 건드리거나 찔러 넣고
으레 두 말할 것 없이, 마땅히
제지할 말리어서 못하게 할

린애들이나 장난꾼들이 벙어리를 무서워하여 감히 덤비지를 못하였다. 그리고 주인 아들도 위급한 경우에는 언제든지 벙어리를 찾았다. 벙어리는 얻어맞으면서도 기어드는 충견 모양으로 주인의 아들을 위하여 싫어하지 않고 힘을 다하였다.

2

벙어리가 스물 세 살이 될 때까지 그는 물론 이성과 접촉할 기회가 없었다. 동네의 처녀들이 저를 '벙어리' '벙어리' 하며 괴상한 손짓과 몸짓으로 놀려 먹음을 받을 적에 분하고 골나는 중에 느긋한 즐거움을 느끼어 본 일은 있었으나 그가 결코 사랑으로써 어떠한 여자를 대해 본 일은 없었다.

그러나 정욕을 가진 사람인 벙어리도 그의 피가 차디찰 리는 없었다. 혹 그의 피는 더욱 뜨거웠을는지도 알 수 없었다. 뜨겁다 뜨겁다 못하여 엉기어 버린 엿과 같을지도 알 수 없었다. 만일 그에게 볕을 주거나 다시 뜨거운 열을 준다면 그의 피는 다시 녹을는지도 알 수 없었다.

그가 깜빡깜빡하는 기름 등잔 아래에서 밤이 깊도록 짚신을 삼을 때면 남모르는 한숨을 아니 쉬는 것도 아니지마는 그는 그것을 곧 억제할 수 있을 만큼 정욕에 대하여 벌써부터 단념을 하고 있었다.

마치 언제 폭발이 될는지 알지 못하는 휴화산 모양으로 그의 가슴속에는 충분한 정열을 깊이 감추어 놓았으나 그것이 아직 폭발될 시기가 이르지 못한 것이었다. 비록 폭발이 되려고 무섭게 격동함을 벙어리 자신도 느끼지 않는 바는 아니지마는 그는 그것을 폭발시킬 조건을 얻기 어려웠으며, 또는 자기가 여태까지 능동적으로 그것을 나타낼 수가 없을 만큼 외계의 압축을 받았으며, 그것으로 인한 이지가 너무 그에게 자제력을 강대하게 하여 주는 동시에 또한 너무 그것을 단념만 하게 하여 주었다.

속으로 '나는 벙어리다.' 하고 생각할 때 그는 몹시 원통함을 느끼면서도 말하는 사람들과 똑같은 자유와 똑같은 권리가 자기에게는 없는 줄 알았다. 그는 이와 같은 생각에서 언제든지 단념 않으려야 단념하지 않을 수 없는 그 단념이 쌓이고 쌓이어 지금에는 다만 한 개의 기계와 같이 이 집에 노예가 되어 있으면서도 그것을 자기의 천직으로 알고 있을 뿐이요, 다시는 자기가 살아 갈 세상이 없는 것같이밖에 알지 못하게 된 것이다.

3

그 해 가을이다. 주인의 아들이 장가를 들었다. 색시는 신랑보다 두 살 위인 열 아홉 살이다. 주인이 본시 자기가 언제든지 문벌이 얕은 것을 한탄하여 신부를 구할 때에는 첫째 조건이 문벌이 높아야 할 것이었다. 그러나 문벌 있는 집에서는 그리 쉽게 색시를 내놓을 리가 없었다. 그러므로 하는 수 없이 그 어떠한 영락한 양반의 딸

정욕 마음에 생기는 여러 가지 욕구
휴화산 활동한 기록은 있으나 현재는 활동하지 않는 화산
이지 감정이나 본능에 이끌리지 않고 지식으로 사물을 분별하는 슬기
문벌 가문 대대로 전해 내려온 지위
영락한 살림이나 세력이 보잘 것 없이 찌그러진

을 돈을 주고 사 오다시피 하였으니, 무남독녀의 딸을 둔 남촌 어떤 과부를 꿀을 발라서 약혼을 하고 혹시나 무슨 딴소리가 있을까 하여 부랴부랴 성례식을 시켜 버렸다.

재물 등으로 유혹하여 약혼을 했다는 뜻이다. 주인 아들의 색시는 문벌이 높은 가문의 딸이며 배운 것도 많은 여자이다.

혼인할 때의 비용도 그 때 돈으로 삼만 냥을 썼다. 그리고 아들의 처갓집에 며느리 뒤 보아 주는 바느질삯, 빨래삯이라는 명목으로 한 달에 이천오백 냥씩을 대어 주었다.

신부는 자기 아버지가 돌아가기 전까지 상당히 견디기도 하고 또는 금지옥엽같이 기른 터이라, 구식 가정에서 배울 것 읽힐 것 못 하는 것이 없고 게다가 또는 인물이라든지 행동거지에 조금도 구김이 있지 아니하다.

신부가 오자 신랑이 흠절이 생기기 시작하였다.

"신부에게다 대면 두루미와 까마귀지."

"아직도 철딱서니가 없어."

"색시에게 쥐여 지내겠지."

"신랑에겐 과하지."

동넷집 말 좋아하는 여편네들이 모여 앉으면 이렇게 비평들을 한다. 어떠한 남의 걱정 잘하는 마누라님은 간혹 신랑을 보고는 그대로 세워 놓고,

"글쎄, 인제는 어른이 되었으니 셈이 좀 나요, 저러고 어떻게 색시를 거느려 가누. 색시 방에 들어가기가 부끄럽지 않담."

하고 들이대다시피 하는 일이 있다.

이럴 적마다 신랑의 마음은 그 말하는 이들이 미웠다. 일부러 자기를 부끄럽게 하려고 하는 것 같아서 그 후에 그를 만나면 말도 안 하고 인

사도 하지 아니한다.

또 그의 고모 되는 이가 와서 자기 조카를 보고,

"인제는 어른이야. 너도 그만하면 지각이 날 때가 되지 않았니. 네 처가 부끄럽지 아니하냐."

하고 타이를 적마다 그의 마음은 그 말하는 사람이 부끄럽다는 것보다 자기를 이렇게 하게 한 자기 아내가 더욱 밉살머리스러웠다.

"여편네가 다 무엇이냐? 저 빌어먹을 년이 들어오더니 나를 이렇게 못살게들 굴지."

혼인한 지 며칠이 못 되어 그는 색시 방에 들어가지를 않았다. 집안에서는 야단이 났다. 마치 돼지나 말 새끼를 혼례시키려는 것같이 신랑을 색시 방으로 집어넣으려 하나 막무가내였다. 그럴 때마다 신랑은 손에 닥치는 대로 집어 때려서 자기의 외사촌 누이의 이마를 뚫어서 피까지 나게 한 일이 있었다. 집안 식구들이 하는 수가 없어 맨 나중에는 아버지에게 밀었다. 그러나 그것도 소용이 없을 뿐더러 풍파를 더 일으키게 하였다. 아버지께 꾸중을 듣고 들어와서는 다짜고짜로 신부의 머리채를 쥐어 잡아 마루 한복판에 태질을 쳤다.

그러고는,

"이 년, 네 집으로 가거라. 보기 싫다. 내 눈 앞에는 보이지도 마라."

하였다. 밥상을 가져오면 그 밥상이 마당 한복판에서 재주를 넘고, 옷을 가져오면 그 옷이 쓰레기통으로 나간다.

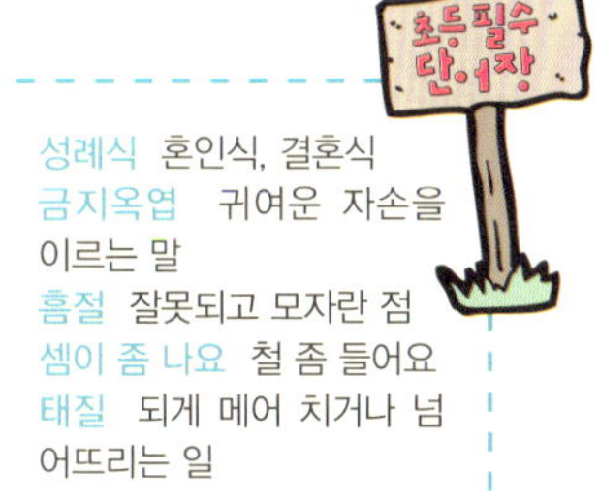

　이리하여 색시는 시집 오던 날부터 팔자 한탄을 하고서 날마다 밤마다 우는 사람이 되었다.

　울면 요사스럽다고 때린다. 또 말이 없으면 빙충맞다고 친다. 이리하여 그 집에는 평화스러운 날이 하루도 없었다.

　이것을 날마다 보는 사람 가운데 알 수 없는 의혹을 품게 된 사람이 하나 있으니 그는 곧 벙어리 삼룡이었다. 그렇게 예쁘고 유순하고 그렇게 얌전한, 벙어리의 눈으로 보아서는 감히 손도 대지 못할 만큼 선녀 같은 색시를 때리는 것은 자기의 생각으로는 도저히 풀 수 없는 의심이었다.

　보기에도 황홀하고 건드리기도 황홀할 만큼 숭고한 여자를 그렇게 하대한다는 것은 너무나 세상에 있지 못할 일이다. 자기는 주인 새서방에게 개나 돼지같이 얻어맞는 것이 마땅한 이상으로 마땅하지마는, 선

녀와 짐승의 차가 있는 색시가 자기와 똑같이 얻어맞는 것은 너무 무서운 일이다. 어린 주인이 천벌이나 받지 않을까 두렵기까지 하였다.

어떠한 달밤, 사면은 고요적막하고 별들은 드문드문 눈들만 깜박이며 반달이 공중에 뚜렷이 달려 있어 수은으로 세상을 깨끗하게 닦아 낸 듯이 청명한데, 삼룡이는 검둥개 등을 쓰다듬으며 바깥 마당 멍석 위에 비슷이 드러누워 하늘을 쳐다보며 생각하여 보았다.

주인 색시를 생각하면 공중에 있는 달보다도 더 곱고 별들보다도 더 깨끗하였다. 주인 색시를 생각하면 달이 보이고 별이 보인다. 삼라만상을 씻어 내는 은빛보다도 더 흰 달이나 별의 광채보다도 그의 마음이 아름답고 부드러운 듯하였다. 마치 달이나 별이 땅에 떨어져 주인 새아씨가 된 것도 같고 주인 새아씨가 하늘에 올라가면 달이 되고 별이 될 것 같았다.

주인 아씨를 동경하는 마음이 드러난다. 삼룡이는 주인 아씨가 자기에 비하면 하늘과 땅 차이라고 생각될 정도로 숭고한 사람이라고 느끼고 있다.

더구나 자기를 어린 주인이 때리고 꼬집을 때 감히 입 벌려 말은 하지 못하나 측은하고 불쌍히 여기는 정이 그의 두 눈에 나타나는 것을 다시 생각할 때 그는 부들부들한 개 등을 어루만지면서 감격을 느꼈다. 개는 꼬리를 치며 자기를 귀여워하는 줄 알고 벙어리의 손을 핥았다.

삼룡이의 마음은 주인 아씨를 동정하는 마음으로 가득 찼다. 또는 그를 위하여서는 자기의 목숨이라도 아끼지 않겠다는 의분에 넘치었다. 그것은 마치 살구를 보면 입 속에 침이 도는 것 같이 본능적으로 느껴지는 감정이었다.

빙충맞다 똑똑하지 못하고 어리석게 수줍기만 하다.
숭고한 매우 존엄하고 고상한
하대 소홀히 대우함
삼라만상 우주 속에 있는 온갖 사물과 현상
의분 정의를 위하여 일어나는 분노

4

상룡이는 사람 취급도 하지 않았기 때문에 예외였다는 뜻이다.

하루는 어린 주인이 먹지 않던 술이 잔뜩 취하여 무지한 놈에게 맞아서 길에 자빠진 것을 업어다가 안으로 들여다 누인 일이 있었다. 그 때에 아무도 안에 있지 않고 다만 새색시 혼자 방에서 바느질을 하고 있다가 이 꼴을 보고 벙어리의 충성된 마음이 고마워서, 그 후에 쓰던 비단 헝겊 조각으로 부시쌈지를 하나 만들어 준 일이 있었다.

이것이 새서방님의 눈에 띄었다. 그래서 색시는 어떤 날 밤 자던 몸으로 마당 복판에 머리를 푼 채 내동댕이쳐졌다. 그리고 온몸에 피가 맺히도록 얻어맞았다.

이것을 본 벙어리는 또 다시 의분의 마음이 뻗쳐 올라왔다. 그래서 미친 사자와 같이 뛰어 들어가 새서방님을 내어 던지고 새색시를 둘러메었다. 그리고 나는 수리와 같이 바깥 사랑 주인 영감 있는 곳으로 뛰어가 그 앞에 내려놓고 손짓과 몸짓을 열 번 스무 번 거푸 하며 하소연하였다.

그 이튿날 아침에 그는 주인 새서방님에게 물푸레로 얼굴을 몹시 얻어맞아서 한쪽 뺨이 눈을 얼러서 피가 나고 주먹같이 부었다. 그 때릴 적에 새서방의 입에서 나오는 말은,

"이 흉측한 벙어리 같으니, 내 여편네를 건드려!"

하고 부시쌈지를 빼앗아 갈가리 찢어서 뒷간에 던졌다.

"그러고 이 놈이! 인제는 주인도 몰라 보고 막 친다. 이런 것은 죽여야 해!"

하고 채찍으로 그의 뒷덜미를 갈겨서 그 자리에 쓰러지게 하였다.

벙어리는 다만 두 손으로 빌 뿐이었다. 말도 못 하고 고개를 몇 백 번 코가 땅에 닿도록 그저 용서해 달라고 빌기만 하였다. 그러나 그의 가슴에는 비로소 숨겨 있던 정의감이 머리를 들기 시작하였다. 그는 아픈 것을 참아 가면서도 북받치는 분노를 억제하였다.

그 때부터 벙어리는 안방에 들어가지 못하였다. 이 들어가지 못하는 것이 더욱 벙어리로 하여금 궁금증이 나게 하였다. 그 궁금증이라는 것이 묘하게 빛이 변하여 주인 아씨를 뵈옵고 싶은 심정으로 변하였다. 뵈옵지 못하므로 가슴이 타 올랐다. 애상의 정서가 그의 가슴을 저리게 하였다. 한 번이라도 아씨를 뵈올 수가 있으면 하는 마음이 나더니 그의 마음의 넋은 느끼기를 시작하였다. 센티멘털한 가운데에서 느끼는 그 무슨 정서는 그에게 생명 같은 희열을 주었다. 그것과 자기의 목숨이라도 바꿀 수 있을 것 같았다. 어떤 때는 그대로 대강이로 담을 뚫고 들어가고 싶도록 주인 아씨를 뵈옵고 싶은 것을 꾹 참을 때도 있었다.

주인 아씨에 대한 동정의 마음이 점점 사랑으로 변하고 있음을 알 수 있다. 휴화산 같은 존재였던 삼룡이가 사랑에 눈을 뜨고, 자신의 처우에 대한 분노도 함께 눈뜨게 되는 계기가 된다.

그 후부터는 밥을 잘 먹을 수가 없었다. 일도 손에 잡히지 않았다. 틈만 있으면 안으로만 들어가고 싶었다.

주인이 전보다 많이 밥과 음식을 주고 더 편하게 하여 주었으나 그것이 싫었다. 그는 밤에 잠을 자지 않고 집 가장자리를 돌아다녔다.

5

하루는 주인 새서방님이 술이 취하여 들어오더니 집안이 수선수선하여지며 계집 하인이 약을 사러 갔다 들어오는 것을 보고 그 계집 하인을 붙잡았다. 그리고 무엇이냐고 물었다.

계집 하인은 한 주먹을 뒤통수에 대고 얼굴을 쓰다듬으며 둘째손가락을 내밀었다. 그것은 그 집 주인은 엄지손가락이요, 둘째손가락은 새서방이라는 뜻이요, 주먹을 뒤통수에 대는 것은 여편네라는 뜻이요, 얼굴을 문지르는 것은 예쁘다는 뜻으로 벙어리에게 쓰는 암호다.

그런 뒤에 다시 혀를 내밀고 눈을 뒤집어 쓰는 형상을 하고 두 팔을 싹 벌리고 뒤로 자빠지는 꼴을 보이니, 그것은 사람이 죽게 되었거나 앓을 적에 하는 말 대신의 손짓이다.

벙어리는 눈을 크게 뜨고 계집 하인에게 한 발자국 가까이 들어서며 놀라는 듯이 멀거니 한참이나 있었다.

그의 가슴은 무섭게 격동하였다. 자기의 그리운 주인 아씨가 죽었다는 말이나 아닌가, 그는 두 주먹을 마주 치며 한숨을 쉬었다. 그리고는 자기 방에서 무엇을 생각하는 것처럼 두어 시간이나 두 눈만 껌벅껌벅하고 앉았었다.

그는 밤이 깊어 갈수록 궁금증 나는 사람처럼 일어섰다 앉았다 하더니 두 시나 되어서 바깥으로 나가서 뒤로 돌아갔다.

그는 도둑놈처럼 조심스럽게 바로 건넌방 뒤 미닫이 앞 담에 서서 주저주저하더니 담을 넘었다. 가까이 창 앞에 서서 문틈으로 안을 살피다가 그는 진저리를 치며 물러섰다.

어두운 밤에 그의 손과 발이 마치 그 뒤에 서 있는 감나무 잎같이 떨리더니 그대로 문을 박차고 뛰어 들어갔을 때, 그의 팔에는 주인 아씨가, 주인 아씨는 한 손에는 기다란 명주 수건을 들고서 한 팔로 벙어리의 가슴을 밀치며 뻗디디었다. 벙어리는 다만 눈이 뚱그래서 '에헤' 소리만 지르고 그 수건을 뺏으려 애쓸 뿐이다.

집안이 야단났다.

"집안이 망했군."

"어디 사내가 없어서 벙어리를!"

"어떻든 알 수 없는 일이야!"

하는 소리가 이 구석 저 구석에서 수군댄다.

6

그 이튿날 아침에 벙어리는 온몸이 짓이겨져 마당에 거꾸러져 입에서 피를 토하며 신음하고 있었다. 그 곁에서는 새서방이 쇠줄 몽둥이를 들고서 문초를 한다.

"이 놈!"

하고는 음란한 흉내는 모조리 하여 가며 건넌방을 가리킨다. 그러나 벙어리는 손을 내저을 뿐이다. 또 몽둥이로 내리 쳤다. 피가 흘렀다.

벙어리는 타 들어가는 목으로 소리도 못 내며 고개만 내젓는다. 그는 피를 토하며 거꾸러지며 이마를 땅에 비비며 고개를 내흔든다. 땅에는 피가 스며든다. 새서방은 채찍 끝에 납 뭉치를 달아서 가슴을 훔쳐 갈겼다. 벙어리는 그대로 거꾸러지며 말이 없었다.

새서방은 그래도 시원치 못하였다. 그는 어제 벙어리가 새로 갈아 놓은 낫을 들고 달려왔다. 그는 그 시퍼렇게 날선 낫을 번쩍 들었다. 그래서 벙어리를 찌르려 할 때 벙어리는 한 팔로 그것을 받았고, 집안 사람들은 달려 들었다. 벙어리는 낫을 뿌리쳐 저리로 내던졌다.

주인은 집안이 망하였다고 사랑에 누워서 모든 일을 들은 체 만 체 문을 닫고 나오지를 아니하며, 집안에서는 색시를 쫓는다고 야단이다. 그 날 저녁에 벙어리는 다시 끌려 나왔다. 그 때에는 주인 새서방이 그의 입던 옷과 신짝을 주며 눈을 부릅뜨고 손을 가리키며,

"가! 인제는 우리 집에 있지 못한다."

하였다. 이 소리를 듣는 벙어리는 기가 막혔다. 그에게는 이 집 외에 다른 집이 없다. 살 곳이 없었다. 자기는 언제든지 이 집에서 살고 이 집에서 죽을 줄밖에 몰랐다. 그는 새서방님의 다리를 껴안고 애걸하였다. 말도 못 하는 것을 몸짓과 표정으로 간곡한 뜻을 표하였다. 그러나 새서방님은 발길로 지르고 사람을 불렀다.

"이 놈을 좀 내쫓아라."

벙어리가 죽은 개 모양으로 끌려 나갔다. 그리고 대갈빼기를 개천 구석에 들이박히면서 나가 곤드라졌다가 일어서서 다시 들어오려 할 때

에는 벌써 문이 닫혀 있었다. 그는 문을 두드렸다. 그의 마음으로는 주인 영감을 찾았으나 부를 수가 없었다. 그가 날마다 열고 날마다 닫던 문이 자기가 지금은 열려 하나 자기를 내어 쫓고 열리지를 않는다. 자기가 건사하고 자기가 거두던 모든 것이 오늘에는 자기의 말을 듣지 않는다. 어려서부터 지금까지 모든 정성과 힘과 뜻을 다하여 충성스럽게 일한 값이 오늘에는 이것이다.

그는 비로소 믿고 바라던 모든 것이 자기의 원수란 것을 알았다. 그는 모든 것을 없애 버리고 자기도 또한 없어지는 것이 나은 것을 알았다.

그 날 저녁 밤은 깊었는데 멀리서 닭이 우는 소리와 함께 개 짖는 소리만이 들린다. 난데없이 화염이 벙어리 있던 오 생원 집을 에워쌌다. 그 불을 미리 놓으려고 준비하여 놓았는지 집 가장자리 쪽 돌아가며 흩어 놓은 풀에 모조리 돌라 붙어 공중에서 내려다보면 집의 윤곽이 선명하게 보일 듯이 타 오른다.

불은 마치 피 묻은 살을 맛있게 잘라 먹는 요마의 혓바닥처럼 날름날름 집 한 채를 삽시간에 먹어 버리었다. 이와 같은 화염 속으로 뛰어 들어가는 사람이 하나 있으니 그는 다른 사람이 아니라 낮에 이 집에서 쫓겨난 삼룡이다. 그는 먼저 사랑에 가서 문을 깨뜨리고 주인을 업어다가 밭 가운데 놓고 다시 들어가려 할 때 그의 얼굴과 등과 다리가 불에 데어 쭈그러져 드는 것을 알지 못하였다.

그는 건넌방으로 뛰어들었다. 그러나 색시는 없었다. 다시 안방으로 뛰어들었다. 그러나 또 없고 새서방이 그의 팔에 매달려 구해 달라 애원하였다. 그러나 그는 그것을 뿌리쳤다. 다시 서까래에 불이 시뻘겋게 타면서 그의 머리에 떨어졌다. 그러나 그는 그것을 몰랐다. 부엌으로 가 보았다. 거기서 나오다가 문설주가 떨어지며 왼팔이 부러졌다. 그러나 그것도 몰랐다. 그는 다시 광으로 가 보았다. 거기도 없었다. 그는 다시 건넌방으로 들어갔다. 그때야 그는 색시가 타 죽으려고 이불을 쓰고 누워 있는 것을 보았다. 그는 색시를 안았다. 그리고는 길을 찾았다. 그러나 나갈 곳이 없었다. 그는 하는 수 없이 지붕으로 올라갔다. 그는 비로소 자기의 몸이 자유롭지 못한 것을 알았다. 그러나 그는 자기가 여태까지 맛보지 못한 즐거운 쾌감을 자기의 가슴에 느끼는 것을 알았다.

색시를 자기 가슴에 안았을 때 그는 이제 처음으로 살아난 듯하였다. 자기의 목숨이 다한 줄 알았을 때, 그 색시를 내려 놓을 때는 그는 벌써 목숨이 끊어진 뒤였다.

집은 모조리 타고 벙어리는 색시를 무릎에 뉘고 있었다. 그의 울분은 그 불과 함께 사라졌을는지! 평화롭고 행복스러운 웃음이 그의 입 가장자리에 엷게 나타났을 뿐이다.

상룡이는 화상으로 인해 몸을 다치고 죽어 가면서도 아씨를 구해 내며 처음으로 행복한 마음을 갖게 된다. 그 동안 주인에게 개처럼 복종하기만 했던 상룡이는 비인격적인 대우를 받으면서도 자기가 종이라는 생각에 모두 감수했다. 그 동안 꾹꾹 눌러 왔던 인간으로서의 감정이 이제야 살아나고 있는 것이다.

짧은 글 짓기를 해 보아요

1 섣달

2 의분

3 희열

4 진저리

5 건사

이해력을 길러요

1 삼룡이는 왜 주인집 아들의 구박을 참아 냈을까요?

2 삼룡이와 아내를 대하는 태도로 보아 주인집 아들의 성격은 어떠한가요?

3 삼룡이가 스스로 살아 있다고 느낀 순간은 언제인가요?

사고력을 길러 보아요

1 주인집 아들과 삼룡이는 각각 어떤 인물을 대표적으로 보여 주고 있나요?

주인집 아들

삼룡이

2 삼룡이가 자신의 비참한 현실을 깨닫는 계기가 된 것은 무엇인가요?

3 주인집에 일어난 화재는 무엇을 상징하는 것일까요?

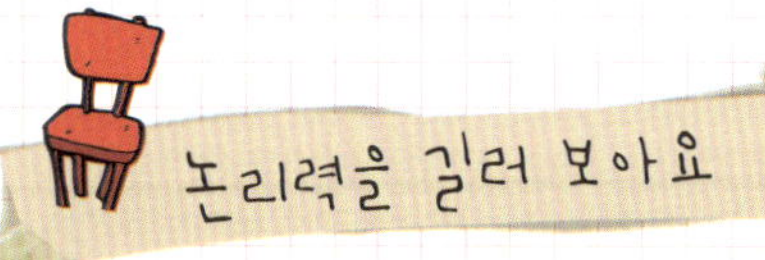

논리력을 길러 보아요

1 주인집에서 쫓겨나기 전, 세상에 대한 삼룡이의 태도는 어떠했나요?

2 삼룡이는 인간적인 대우를 받지 못하면서도 스스로 그에 방어하지 못하고, 주인집 아들은 아무런 제재를 받지 않습니다. 당시의 신분 차이는 어떠했는지 조사해 보고 그러한 사회에 대한 자신의 의견을 말해 봅시다.

3 삼룡이는 막힌 현실에 대처할 수 있는 다른 방법이 있었을까요? 주인집 화재와 삼룡이의 죽음을 통해 작가가 말하고자 한 것은 무엇일지 생각해 봅시다.

　김동인 선생님은 1900년에 평안남도 평양에서 태어났습니다. 우리나라에 아직 현대적인 소설이 틀을 잡지 않았던 때에 김동인 선생님은 여러 소설 기법을 시도하며 우리 문학을 발전시켰습니다. 〈배따라기〉, 〈감자〉, 〈붉은 산〉 등의 작품이 발표되었지요.

　일본에서 공부를 하였으며, 화가가 되기 위해 미술학교에 다니기도 하였습니다. 1919년 주요섭, 전영택 선생님과 함께 우리나라 최초의 문학 동인지 〈창조〉를 만들었습니다.

　틀에 박힌 계몽주의 소설에서 벗어난 소설을 발표했으며, 자연스럽게 말하듯이 쓰는 구어체 문장을 사용하였습니다. 시점을 도입하고, 과거시제를 사용하는 등 현대 소설에서 쓰이는 여러 방법들을 확립한 소설가이기도 합니다.

어느 날 '나'는 모란봉에서 배따라기를 부르고 있는 한 남자를 만났습니다. 그가 부르는 배따라기는 너무나 구슬펐습니다. 그는 '나'에게 20년 전의 이야기를 들려 줍니다.

그는 한 어촌에서 아우와 함께 살고 있었습니다. 그런데 아우가 그의 아내와 너무 사이가 좋아 질투를 했답니다.

어느 날은 아내와 아우가 자기 몰래 사랑을 나눈다고 오해하여 아내를 마구 때렸습니다. 오해를 받은 아내는 바다에 빠져 자살을 하고, 동생도 마을을 떠났지요. 그의 어리석은 질투심이 결국 아내와 동생을 모두 잃게 했던 것입니다.

그 후 그는 뱃사람이 되어 동생을 찾아 떠돌아 다니게 되었습니다. 풍랑을 만나 죽을 뻔했던 때에 그는 한 번 동생을 만날 수 있었습니다. 동생은 "그저 운명이외다."라는 말을 하고는 또 사라졌지요.

그는 계속해서 동생을 찾으며 끝없는 방랑을 하고 있었습니다.

〈배따라기〉는 1921년에 발표된 작품으로, 액자소설의 구조입니다. 액자는 큰 틀 속에 사진이 들어 있지요? 마찬가지로 하나의 이야기 속에 다른 이야기가 들어가 있는 소설을 액자소설이라고 합니다.

〈배따라기〉의 경우를 생각해 볼까요? '내'가 '그'를 만나는 큰 틀의 이야기가 있습니다. 대동강을 보며 자연에 취해 있던 '나'는 배따라기를 부르는 한 남자를 만나게 되지요. 그리고 그 남자는 자기의 이야기를 들려 줍니다. 그 남자가 들려 주는 과거의 이야기가 바로 이 소설 속의 작은 틀입니다.

어리석게도 감정에 휘둘려 질투를 하고 아내를 때렸던 그는 아내와 동생을 모두 잃고 떠돌아 다닙니다. 배따라기를 부르면서 말이지요. 구슬픈 배따라기의 가락에서 그가 자기의 과거를 몹시 후회하고 있다는 걸 느낄 수 있습니다.

그의 이야기는 운명에 지배당하는 나약한 인간의 모습을 보여 줍니다. 모든 것이 그저 운명이라는 동생의 말은 이 작품이 나타내고자 하는 주제를 대변하고 있습니다. 운명에 조종당하는 삶을 이 소설을 통해 느껴 봅시다.

배따라기

좋은 일기이다.

좋은 일기라도, 하늘에 구름 한 점 없는 —— 우리 '사람'으로서는 감히 접근 못 할 위엄을 가지고, 높이서 우리 조그만 '사람'을 비웃는 듯이 내려다보는, 그런 교만한 하늘은 아니고, 가장 우리 '사람'의 이해자인 듯이 낮게 뭉글뭉글 엉기는 분홍빛 구름으로서 우리와 서로 손목을 잡자는 그런 하늘이다. 사랑의 하늘이다.

나는, 잠시도 멎지 않고 푸른 물을 황해로 부어 내리는 대동강을 향한, 모란봉 기슭 새파랗게 돋아 나는 풀 위에 뒹굴고 있었다.

이 날은 삼월 삼질, 대동강에 첫 뱃놀이하는 날이다. 까맣게 내려다보이는 물 위에는, 결결이 반짝이는 물결을 푸른 놀잇배들이 타고 넘으며, 거기서는 봄 향기에 취한 형형색색의 선율이, 우단보다도 부드러운 봄 공기를 흔들면서 날아온다. 그리고 거기서 기생들의 노래와 함께 날아오는 조선 아악은 느리게, 길게, 유창하게, 부드럽게, 그리고 또 애처롭게, 모든 봄의 정다움과 끝까지 조화하지 않고는 안 두겠다는 듯이, 대동강에 흐르는 시커먼 봄물, 청류벽에 돋아나는 푸르른 풀 어음, 심지어 사람의 가슴속에 봄에 뛰노는 불붙는 핏줄기까지라도, 습기 많은 봄 공기를 다리 놓고 떨리지 않고는 두지 않는다.

봄이다. 봄이 왔다.

부드럽게 부는 조그만 바람이, 시커먼 조선 솔을 꿰며, 또는 돋아 나는 풀을 스치고 지나갈 때의 그 음악은, 다른 데서는 듣지 못할 아름다운 음악이다.

아아, 사람을 취하게 하는 푸르른 봄의 아름다움이여! 열다섯 살부터의 동경 생활에, 마음껏 이런 봄을 보지 못하였던 나는, 늘 이것을 보는 사람보다 곱 이상의 감명을 여기서 받지 않을 수 없다.

평양성 내에는, 겨우 툭툭 터진 땅을 헤치면 파릇파릇 돋아 나는 나무새기와 돋아 나려는 버들의 어음으로 봄이 온 줄 알 뿐 아직 완전한 봄이 안 이르렀지만, 이 모란봉 일대와 대동강을 넘어 보이는 가나안 옥토를 연상시키는 장림에는 봄의 정다움이 이르렀다.

그리고 또 꽤 자란 밀, 보리들로 새파랗게 장식한 장림의 그 푸른 빛. 만족한 웃음을 띠고 그 벌에 서서 내다보

일기 날씨
위엄 의젓하고 엄숙함
삼질 음력 삼월 초사흗날. 강남 갔던 제비가 돌아온다는 따뜻한 날
형형색색 가지각색
우단 겉에 고운 털을 돋게 짠 비단
아악 雅樂. 궁중에서 연주되던 전통음악
어음 '움'의 사투리. 초목에서 새로 돋는 싹이나 어린 줄기
동경 東京, 일본의 수도 도쿄
가나안 팔레스타인 지방의 옛 이름. 성서에서 젖과 꿀이 흐르는 땅이라고 말한다.
장림 長林, 길게 이어져 뻗쳐 있는 숲

는 농부의 모양은, 보지 않아도 생각할 수가 있다.

구름은 자꾸 하늘을 날아다니는 모양이다. 그 밀 위에 비치었던 구름의 그림자는 그 구름과 함께 저편으로 물러가며, 거기는, 세계를 아까 만들어 놓은 것 같은 새로운 녹빛이 퍼져 나간다. 바람이나 조금 부는 때는 그 잘 자란 밀들은 물결같이 누웠다 일어났다 일록일청으로 춤을 춘다. 그리고 봄의 한가함을 찬송하는 솔개들은, 높은 하늘에서 동그라미를 그리면서 더욱 더 아름다운 봄에 향기로운 정취를 더한다.

"따스한 봄 정에 솟아나리다. 따스한 봄 정에 솟아나리다."

나는 두어 번 소리 나게 읊은 뒤에 담배를 붙여 물었다. 담뱃내는 무럭무럭 하늘로 올라간다.

하늘에도 봄이 왔다.

하늘은 낮았다. 모란봉 꼭대기에 올라가면 넉넉히 만질 수가 있을 만큼 하늘은 낮다. 그리고 그 낮은 하늘보다는 오히려 더 높이 있는 듯한 분홍빛 구름은 뭉글뭉글 엉기면서 이리저리 날아 다닌다.

나는 이러한 아름다운 봄 경치에 이렇게 마음껏 봄의 속삭임을 들을 때는 언제든 유토피아를 아니 생각할 수 없다. 우리가 시시각각으로 애를 쓰며 수고하는 것은, 그 목적은 무엇인가. 역시 유토피아 건설에 있지 않을까. 유토피아를 생각할 때는 언제든 그 '위대한 인격의 소유자'며 '사람의 위대함을 끝까지 즐긴' 진나라 시황(秦始皇)을 생각지 않을 수 없다.

우리가 어찌하면 죽지를 아니할까 하여, 소년 삼백을 배에 태워 불사약을 구하러 떠나 보내며, 예술의 사치를 다하여 아방궁을 지으며, 매일 신하 몇 천 명과 잔치로써 즐기며, 이리하여 여기 한 유토피아를 세우려던 시황은, 몇 만의 역사가가 어떻다고 욕을 하든, 그는 참말로 인생의 향락자이며 역사 이후의 제일 큰

위인이라고 할 수가 있다. 그만한 순전한 용기 있는 사람이 있고야 우리 인류의 역사는 끝이 날지라도 한 '사람'을 가졌었다고 할 수 있다.

"큰 사람이었었다."

하면서 나는 머리를 흔들었다.

이 때다, 기자묘 근처에서 무슨 슬픈 음률이 봄 공기를 진동시키며 날아오는 것이 들렸다.

나는 무심코 귀를 기울였다.

'영유 배따라기'다. 그것도 웬만한 광대나 기생은 발꿈치에도 미치지 못할 만큼, 그만큼 그 배따라기의 주인은 잘 부르는 사람이었다.

비나이다, 비나이다.
산천후토 일월성신 하나님전 비나이다.
실낱 같은 우리 목숨 살려 달라 비나이다.
에―야, 어그여지야.

여기까지 이르렀을 때에 저편 아래 물에서 장구 소리와 함께 기생의 노래가 울리어 오며 배따라기는 그만 안 들리게 되었다.

　나는 이 년 전 한여름을 영유서 지내 본 일이 있다. 배따라기의 본고장인 영유를 몇 달 있어 본 사람은 그 배따라기에 대하여 언제든 한 속절없는 애처로움을 깨달을 것이다.

　영유, 이름은 모르지만 ×산에 올라가서 내다보면 앞은 망망한 황해이니, 그 곳 저녁 때의 경치는 한번 본 사람은 영원히 잊을 수가 없으리라. 불덩이 같은 커다란 시뻘건 해가 남실남실 넘치는 바다에 도로 빠질 듯 도로 솟아 오를 듯 춤을 추며, 거기서 때때로 보이지 않는 배에서 ‘배따라기’만 슬프게 날아오는 것을 들을 때엔 눈물 많은 나는 때때로 눈물을 흘렸다. 이로 보아서, 어떤 원의 아내가 자기의 모든 영화를 낡은 신같이 내던지고 뱃사람과 정처 없는 물길을 떠났다 함도 믿지 못할 말이랄 수가 없다.

　영유서 돌아온 뒤에도 그 ‘배따라기’는 내 마음에 깊이 새기어져 잊으려야 잊을 수가 없었고, 언제 한번 다시 영유를 가서 그 노래를 한번 더 들어 보고 그 경치를 다시 한번 보고 싶은 생각이 늘 떠나지를 않았다.

　장구 소리와 기생의 노래는 멎고 배따라기만 구슬프게 날아온다. 결결이 부는 바람으로 말미암아 때때로는 들을 수가 없으되, 나의 기억과 곡조를 종합하여 들은 배따라기는 이 대목이다.

강변에 나왔다가
나를 보더니만
혼비백산하여
꿈인지 생시인지

와르륵 달려들어
섬섬옥수로 부여잡고
호천망극하는 말이
'하늘로서 떨어지며
땅으로서 솟아났나
바람결에 묻어 오고
구름길에 싸여 왔나'
이리 서로 붙들고 울음 울 제
인리 제인이며
일가친척이 모두 모여

　여기까지 들은 나는 마침내 참지 못하고 벌떡 일어서서 소나무 가지
에 걸었던 모자를 내려 쓰고, 그 곳을 찾으러 모란봉 꼭대기에 올라섰
다. 꼭대기는 좀 더 노랫소리가 잘 들린다. 그는 배따라기의 맨 마지막,
여기를 부른다.

밥을 빌어서
죽을 쑬지라도
제발 덕분에
뱃놈 노릇은 하지 마라
에—야. 어그여지야—.

그 소리로 방향을 찾으려던 나는 그만 그 자리에 섰다.

"어딘가? 기자묘? 혹은 을밀대(乙密臺)?"

그러나 나는 오래 서 있을 수가 없었다. 어떻든 찾아 보자 하고, 현무문으로 가서 문 밖에 썩 나섰다. 기자묘의 깊은 솔밭은 눈앞에 쫙 퍼진다.

"어딘가?"

나는 또 물어 보았다.

이 때에 그는 또 다시 배따라기를 처음부터 부른다. 그 소리는 왼편에서 온다.

왼편이구나 하면서, 소리 나는 곳을 더듬어서 소나무 틈으로 한참 돌다가, 겨우, 기자묘치고는 그 중 하늘이 넓고 밝은 곳에 혼자서 뒹굴고 있는 그를 찾아 내었다. 나의 생각한 바와 같은 얼굴이다. 얼굴, 코, 입, 눈, 몸집이 모두 네모나고 그의 이마의 굵은 주름살과 시커먼 눈썹은 고생 많이 함과 순진한 성격을 나타낸다.

그는 어떤 신사가 자기를 들여다보는 것을 보고 노래를 그치고 일어나 앉는다.

"왜? 그냥 하지요."

하면서 나는 그의 곁에 가 앉았다.

"머……."

할 뿐 그는 눈을 들어서 터진 하늘을 쳐다본다.

좋은 눈이었다. 바다의 넓고 큼이 유감없이 그의 눈에 나타나 있다. 그는 뱃사람이라 나는 짐작하였다.

“고향이 영유요?”

“예, 머, 영유서 나기는 했디만 한 이십 년을 영윤 가 보지도 않았시요.”

“왜, 이십 년씩 고향엘 안 가요?”

“사람의 일이라니 마음대로 됩네까?”

그는, 왜 그러지, 한숨을 짓는다.

“거저, 운명이 제일 힘셉데다.”

운명의 힘이 제일 세다는 그의 소리는 삭이지 못할 원한과 뉘우침이
섞여 있다.

“그래요?”

나는 다만 그를 건너다볼 뿐이다.

한참 잠잠하니 있다가 나는 다시 말하였다.

“자, 노형의 경험담이나 한번 들어 봅시다. 감출 일이 아니면 한번
이야기해 보소.”

“머, 감출 일은……..”

“그럼 어디 들어 봅시다그려.”

그는 다시 하늘을 쳐다보았다. 그러나 좀 있다가,

“하디요.”

하면서 내가 담배를 붙이는 것을 보고 자기도 담배를 붙여 물고 이야기
를 꺼낸다.

“십구 년 전 팔월 열 하룻날 일인데요.”

하면서 그가 이야기한 바는 대략 이와 같은 것이다.

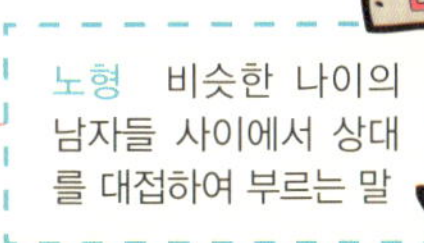

노형 비슷한 나이의
남자들 사이에서 상대
를 대접하여 부르는 말

그의 살던 마을은 영유 고을서 한 이십 리 떠나 있는, 바다를 향한 조그만 어촌이다. 그의 살던 조그만 마을(서른 집쯤 되는)에서는 그는 꽤 유명한 사람이었다.

그의 부모는 모두 열 댓 세 났을 때 돌아갔고, 남은 사람이라고는 곁집에 딴 살림하는 그의 아우 부처와 자기 부처뿐이었다. 그들 형제가 그 마을에서 제일 부자이고 또 고기잡이를 잘하였고 그 중 글이 있었고 배따라기도 그 마을에서 빼어나게 그 형제가 잘 불렀다. 말하자면 그 형제가 그 동네의 대표적 사람이었다.

팔월 보름은 추석 명절이다. 팔월 열 하룻날 그는 명절에 쓸 장도 볼 겸, 그의 아내가 늘 부러워하는 거울도 하나 사 올 겸, 장으로 향하였다.

"당손네 집에 있는 것보다 큰 것이요. 잊디 말구요."

그의 아내는 길까지 따라 나오면서 잊지 않도록 부탁하였다.

"안 잊어."

하면서 그는 떠오르는 새빨간 햇빛을 앞으로 받으면서 자기 마을을 나섰다.

그는 아내를(이렇게 말하기는 우습지만) 고
와했다. 그의 아내는 촌에는 드물도록 연연하
고도 예쁘게 생겼다. (그는 나에게 이렇게 말
하였다.)

"어디를 가도 그만한 인물 쉽디 않갔시요."

그러니까 촌에서는, 그리고 그 당시에는 남에게 우습게 보이도록 그
내외의 사이는 좋았다. 늙은이들은 계집에게 혹하지 말라고 흔히 그에
게 권고하였다.

부처의 사이는 좋았지만——아니 오히려 좋으므로 그는 아내에게 샘
을 많이 하였다. 그러고 그의 아내는 시기를 받을 일을 많이 하였다. 품
행이 나쁘다는 것이 아니라, 그의 아내는 대단히 천진스럽고 쾌활한 성
질로서 아무에게나 말 잘하고 애교를 잘 부렸다.

그 동네에서는 무슨 명절이나 되면, 집이 그 중 정결함을 핑계 삼아
젊은이들은 모두 그의 집에 모이고 하였다. 그 젊은이들은 모두 그의
아내에게 '아즈마니'라 부르고, 아내는 '아즈바니 아즈바니' 하며 그들과
지껄이고 즐기며, 그 웃기 잘하는 입에는 늘 웃음을 흘리고 있었다. 그
럴 때마다 그는 한편 구석에서 눈만 힐근거리며 있다가 젊은이들이 돌
아간 뒤에는 불문곡직하고 아내에게 덤벼들어 발길로 차고 때리며, 이
전에 사다 주었던 것을 모두 도로 빼앗는다. 싸움을 할 때에는 언제든
곁집에 있는 아우 부처가 말리러 오며, 그렇게 되면 인제든 그는 아우
부처까지 때려 주었다.

그가 아우에게 그렇게 구는 데는 이유가 있었다. 그의 아우는, 시골

부처 부부
글이 있었고 배운 것이 있었고
연연 아름답고 어여쁨
불문곡직 不問曲直, 옳은지 그
른지를 묻지 않음

그는 아내가 잘생긴 아우에게 잘해 주는 것에 대해 심한 질투를 느끼고 있다. 후에 이것이 비극의 원인이 된다.

사람에게는 쉽지 않도록 늠름한 위엄이 있었고, 맨날 바닷바람을 쏘였지만 얼굴이 희었다. 이것뿐으로도 시기가 된다 하면 되지만, 특별히 아내가 그의 아우에게 친절히 하는 데는, 그는 속이 끓어 못 견디었다.

그가 영유를 떠나기 반 년 쯤——다시 말하자면 그가 거울을 사러 장에 갈 때부터 반 년 전쯤 그의 생일날이었다. 그의 집에서는 음식을 차려서 잘 먹었는데, 그에게는 괴상한 버릇이 있었으니, 맛있는 음식은 남겨 두었다가 좀 있다 먹고 하는 것이 습관이었다. 그의 아내도 이 버릇은 잘 알 터인데 그의 아우가 점심 때쯤 오니까, 아까 그가 아껴서 남겨 두었던 그 음식을 아우에게 주려 하였다. 그는 눈을 부릅뜨고 '못 주리라'고 암호하였지만 아내는 그것을 보았는지 못 보았는지 그의 아우에게 주어 버렸다. 그는 마음속이 자못 편치 못하였다. '트집만 있으면 이 년을……' 그는 마음먹었다.

그의 아내는 시아우에게 상을 준 뒤에 물러 오다가 그만 그의 발을 조금 밟았다.

"이 년!"

그는 힘껏 발을 들어서 아내를 냅다 찼다. 그의 아내는 상 위에 거꾸러졌다가 일어난다.

"이 년, 사나이 발을 짓밟는 년이 어디 있어!"

"거 좀 밟아서 발이 부러졌쉐까?"

아내는 낯이 새빨개져서 울음 섞인 소리로 고함친다.

"이 년! 말대답이……."

그는 일어서서 아내의 머리채를 휘어잡았다.

"형님! 왜 이러십니까."

아우가 일어서면서 그를 붙잡았다.

"가만 있거라, 이 놈의 자식."

하며 그는 아우를 밀친 뒤에 아내를 되는 대로 내리 찧었다.

"죽일 년, 이 년! 나가거라!"

"죽여라, 죽여라! 난, 죽어도 이 집에선 못 나가!"

"못 나가?"

"못 나가디 않구. 뉘 집이게……."

이 때다. 그의 마음에는 그 '못 나가겠다'는 아내의 마음이 푹 들이
박혔다. 그 이상 때리기가 싫었다. 우두커니 눈만 흘기고 있다가 그는,

"망할 년, 그럼 내가 나갈라."

하고 그만 문 밖으로 뛰어 나와서,

"형님, 어디 갑니까."

하는 아우의 말에는 대답도 안 하고, 옆동네 술집으로 뒤도 안 돌아 보
고 가서, 거기 있는 술 파는 계집과 술상 앞에 마주 앉았다.

오월 초승부터 영유 고을 출입이 잦던 그의 아우는, 오월 그믐께부터
는 고을서 며칠씩 묵어 오는 일이 많았다. 함께, 고을에 첩을 얻어 두었
다는 소문이 퍼졌다. 이 소문이 있은 뒤는 아내는 그의 아우가 고을 들
어가는 것을 벌레보다도 더 싫어하고,
며칠 묵어나 오는 때면 곧 아우의 집으
로 가서 그와 담판을 하며 심지어 동서
되는 아우의 처에게까지 못 가게 하지

않는다고 싸우는 일이 있었다.

　칠월 초승께 그의 아우는 고을 들어가서 열흘쯤 묵어 온 일이 있었다. 이 때도 전과 같이 그의 아내는 그의 아우며 제수와 싸우다 못하여, 마침내 그에게까지 와서 아우가 그런 못된 데를 다니는 것을 그냥 둔다고, 어떻게 해야 되지 않겠냐고 한다. 그 꼴을 곱게 보지 않았던 그는 첫마디로 고함을 쳤다.

　"네게 상관이 무에가? 듣기 싫다."

　"못난둥이. 아우가 그런 델 댕기는 걸 말리디두 못하구!"

　분김에 이렇게 그의 아내는 고함쳤다.

　"이 년, 무얼!"

　그는 벌떡 일어섰다.

　"못난둥이!"

　그 말이 채 끝나기 전에 그의 아내는 악 소리와 함께 그 자리에 거꾸러졌다.

　"이 년! 사나이에게 그따윗 말버릇 어디서 배완!"

　"에미네 때리는 건 어디서 배왔노! 못난둥이."

　그의 아내는 울음소리로 부르짖었다.

　"나갈, 우리 집에 있디 말구 나갈!"

　그는 내리 찧으면서 부르짖었다. 그리고 아내를 문을 열고 밀쳤다.

　"나가디 않으리!"

하고 그의 아내는 울면서 뛰어 나갔다.

　"망할 년!"

토하는 듯이 중얼거리고 그는 그 자리에 주저앉았다.

그의 아내는 해가 져서 어두워져도 돌아오지 않았다. 일단 내어 쫓기는 히였지만 그는 아내가 돌아옴을 기다리고 있었다. 어두워져서도 그는 불도 안 켜고 성이 나서 우들우들 떨면서 아내의 돌아오기를 기다렸다. 그러나 그의 아내의 참 기쁜 듯이 웃는 소리가 그의 아우의 집에서 밤새도록 울리었다. 그는 움쩍도 안 하고 그 자리에 앉아서 밤을 새운 뒤에, 새벽 동터 올 때 아내와 아우를 죽이려고 부엌에 가서 식칼을 가지고 들어와서 문을 벌컥 열었다.

그의 아내가 만약 근심스러운 얼굴을 하고 그 문 밖에 우두커니 서서 문을 들여다보고 있지 않았다면, 그는 아내와 아우를 죽이고야 말았으리라.

그는 아내를 보는 순간 아내에 대한 사랑을 깨달으면서, 칼을 내던지고 뛰어 나가서 아내를 데리고 들어왔다.

그런 이야기를 다 하려면 끝이 없으되 '그' '그의 아내' '그의 아우' 세 사람의 삼각관계는 대략 이와 같았다.

각설—.

거울은 마침 장에 마음에 맞는 것이 있었다. 지금 것과 대 보면 어떤 때는 코도 크게 보이고 입이 작게도 보이는 것이지만, 그 당시에는, 그리고 그런 촌에서는 둘도 없는 귀한 물건이었다.

거울을 사 가지고 장을 본 뒤에, 그는 이 거울을 아내에게 주면 그 기뻐할 모양을 생각하며, 새빨간 저녁 햇빛을 받는 넘치는 듯한 바다를 안고, 자기 집으로 늘 들러 오던 술집에도 안 들러서 돌아왔다.

그러나 그가 그의 집 방 안에 들어설 때에는 뜻도 안 하였던 광경이 그의 눈에 벌리어 있었다.

방 가운에는 떡상이 있고, 그의 아우는 수건이 벗어져서 목 뒤로 늘어지고 저고리 고름이 모두 풀어져 가지고 한편 모퉁이에 서 있고, 아내도 머리채가 모두 뒤로 늘어지고 치마가 배꼽 아래 늘어지도록 되어 있으며, 그의 아내와 아우는 그를 보고 어찌할 줄을 모르는 듯이 움쩍도 안 하고 서 있었다.

세 사람은 한참 동안 어이가 없어서 서 있었다. 그러나 좀 있다가 마침내 그의 아우가 겨우 말했다.

"그 놈의 쥐 어디 갔니?"

"흥! 쥐? 훌륭한 쥐 잡았구나!"

그는 말을 끝내지도 않고 짐을 벗어 던지고 뛰어가서 아우의 멱살을 끌어 잡았다.

"형님! 정말 쥐가……."

"쥐? 이 놈! 형수하고 그런 쥐 잡는 놈이 어디 있니?"

그는 아우를 따귀를 몇 대 때린 뒤에 등을 밀어서 문 밖에 내어던졌다. 그런 뒤에 이제 자기에게 이를 매를 생각하고 우들우들 떨면서 아랫목에 서 있는 아내에게 달려들었다.

"이 년! 시아우와 그런 쥐 잡는 년이 어디 있어!"

그는 아내를 거꾸러뜨리고 함부로 내리 찧

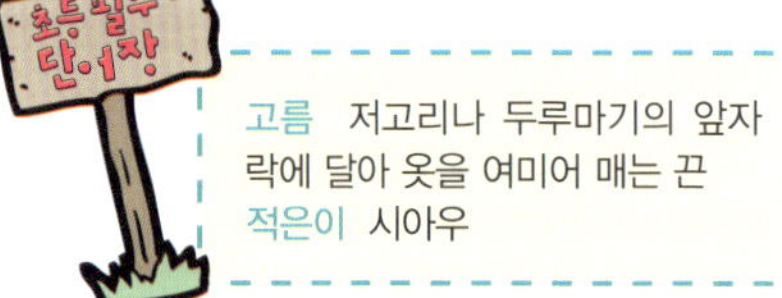

고름 저고리나 두루마기의 앞자락에 달아 옷을 여미어 매는 끈
적은이 시아우

188

었다.

“정말 쥐가…… 아이, 죽겠다.”

“이 년! 너두 쥐? 죽어라!”

그의 팔다리는 함부로 아내의 몸 위에 오르내렸다.

“아이, 죽갔다. 정말 아까 적은이가 왔기에 떡 먹으라고 내놓았더니…….”

“들기 싫다! 이 년이 무슨 잔소릴…….”

“아이, 아이, 정말이야요. 쥐가 한 마리 나…….”

“그냥 쥐?”

“쥐 잡을래다가…….”

“죽어라! 물에라도 빠져 죽얼!”

그는 실컷 때린 뒤에, 아내도 아우처럼 등을 밀어 내어 쫓았다. 그 뒤에 그는 등으로,

“고기 배때기에 장사해라!”

하고 토하였다.

분풀이는 실컷 하였지만, 그래도 마음속이 자못 편치 못하였다. 그는 아랫목으로 가서 벽을 의지하고 실신한 사람같이 우두커니 서서 떡상만 들여다보고 있었다.

한 시간…… 두 시간…….

서편으로 바다를 향한 마을이라 다른 곳보다는 늦게 어둡지만, 그래도 술시쯤 되어서는 깜깜하니 어두웠다. 그는 불을 켜려고 벽에서 떠나서 성냥을 찾았다.

성냥은 늘 있던 자리에 있지 않았다. 그래서 여기저기 뒤적이노라니까 어떤 낡은 옷 뭉치를 들칠 때에 문득 쥐 소리가 나면서 무엇이 후덕덕 뛰어 나온다. 그리하여 저편으로 기어서 도망한다.

“역시 쥐였구나.”

그는 조그만 소리로 부르짖었다. 그리고 그만 그 자리에 맥없이 털썩 주저앉았다.

아까 그가 보지 못한 때의 광경이 활동사진과 같이 그의 머리에 지나갔다.

아우가 집에를 온다. 아우에게 친절한 아내는 떡을 먹으라고 아우에

게 떡상을 내놓는다. 그 때에 어딘선가 쥐가 한 마리 뛰어 나온다. 둘 (아우와 아내)이서는 쥐를 잡노라고 돌아간다. 한참 성가시게 굴던 쥐는 어느 구석에 숨어 버린다. 그들은 쥐를 찾느라고 뒤룩거린다. 그럴 때에 그가 집에 들어선 것이다.

"좀 있으믄 안 들어오리……."

그는 억지로 마음먹고 그 자리에 드러누웠다.

그러나 아내는 밤이 가고 날이 밝기는커녕 해가 중천에 올라도 돌아오지를 않았다. 그는 차차 걱정이 되어 찾아 보러 나섰다.

아우의 집에도 없었다. 동네를 모두 찾아 보아도 본 사람도 없다 한다.

그리하여, 낮쯤 한 삼사 리 내려가서 바닷가에서 겨우 아내를 찾기는 찾았지만 그 아내는 이전 같은 생기로 찬 산 아내가 아니요, 몸은 물에 불어서 곱이나 크게 되고, 이전에 늘 웃음을 흘리던 예쁜 입에는 거품을 잔뜩 문 죽은 아내였다.

그는 아내를 업고 집으로 돌아오기까지 정신이 없었다.

이튿날 간단하게 장사를 하였다. 뒤에 따라 오는 아우의 얼굴에는,

"형님 이게 웬일이오니까."

하는 듯한 원망이 있었다.

장사를 지낸 이튿날부터 아우는 그 조그만 마을에서 없어졌다. 하루 이틀은 대수롭지 않게 지냈지만, 닷새 엿새가 지나도 아우는 돌아오지 않았다. 그

래서 알아보니까, 꼭 그의 아우같이 생긴 사람이 오륙 일 전에 메산자 보따리를 하여 진 뒤에 시뻘건 저녁 해를 등으로 받고 더벅더벅 동쪽으로 가더라 한다. 그리하여 열흘이 지나고 스무 날이 지났지만 한번 떠난 그의 아우는 돌아올 길이 없고, 혼자 남은 아우의 아내는 매일 한숨으로 세월을 보내게 되었다.

그도 이것을 잠자코 보고 있을 수가 없었다. 그 불행의 모든 죄는 죄다 그에게 있었다.

그도 마침내 뱃사람이 되어, 적으나마 아내를 삼킨 바다와 늘 가까이 있으며 가는 곳마다 아우의 소식을 알아보려고, 배를 얻어 타고 물길을 나섰다.

그는 가는 곳마다 아우의 이름과 모습을 말하여 물었으나, 아우의 소식은 알 수가 없었다.

이리하여 꿈결같이 십 년을 지내서 구 년 전 가을, 탁탁히 낀 안개를 꿰며 연안(延安) 바다를 지나가던 그의 배는, 몹시 부는 바람으로 말미암아 파선을 하여, 벗 몇 사람은 죽고, 그는 정신을 잃고 물 위에 떠돌고 있었다.

그가 겨우 정신을 차린 때는 밤이었었다. 그리고 어느덧 그는 뭍 위에 올라와 있었고 그를 말리느라고 새빨갛게 피워 놓은 불빛으로 자기를 간호하는 아우를 보았다.

그는 이상히도 놀라지도 않고 천연하게 물었다.

"너, 어떻게 여기 완?"

아우는 잠자코 한참 있다가 겨우 대답하였다.

“형님, 거저 다 운명이외다.”

따뜻한 불기운에 깜빡 잠이 들려다가 그는 화닥닥 깨면서 또 말했다.

“십 년 동안에 되게 파랬구나.”

“형님, 나도 변했지만 형님도 몹시 늙으셨쉐다.”

이 말을 꿈결같이 들으면서 그는 또 혼혼히 잠이 들었다. 그리하여 두어 시간, 꿀보다도 단 잠을 잔 뒤에 깨어 보니, 아까같이 새빨간 불은 피어 있지만 아우는 어디로 갔는지 없어졌다. 곁엣사람에게 물어 보니까, 아우는 형의 얼굴을 물끄러미 한참 들여다보고 있다가 새빨간 불빛을 등으로 받으면서 터벅터벅 아무 말 없이 어둠 가운데로 스러졌다 한다.

이튿날 아무리 알아보아도 그의 아우는 종적이 없어지고 알 수 없으므로 그는 할 수 없이 다른 배를 얻어 타고 또 물길을 떠났다. 그리하여 그의 배가 해주에 이르렀을 때, 그는 해주 장에 들어가서 무엇을 사려다가 저편 맞은편 가게에 얼핏 그의 아우 같은 사람이 있으므로 뛰어가서 보니 그는 벌써 없어졌다. 배가 해주에는 오래 머물지 않으므로 그의 마음은 해주에 남겨 두고 또 다시 바닷길을 떠났다.

그 뒤 삼 년을 이리저리 돌아다녔어도 아우는 다시 볼 수가 없었다.

그리하여 삼 년을 지내서 지금부터 육 년 전에, 그가 탄 배가 강화도를 지날 때에, 바다를 향한 가파른 뫼켠에서 바다를 향하여 날아오는 ‘배따라기’를 들었다. 그것도 어떤 구절과 곡조는 그의 아우 특식으로 변

메산자 걸어서 먼 길을 갈 때 지는 조그마한 봇짐
탁탁히 액체나 기체가 맑지 못하고 흐리게
파선 배가 폭풍으로 인해 깨어짐
천연하게 아무렇지도 않은 듯이
파랬구나 몸이 마르고 해쓱해졌구나
혼혼히 정신이 아뜩하여 가물가물하게
종적 뒤에 드러난 흔적
켠 켠은 ‘편’의 사투리. 따라서 뫼켠은 ‘산쪽’의 의미이다.
특식 특별하고 특이한 방식

경된, 그의 아우가 아니면 부를 사람이 없는, 그 '배따라기'이다.

배가 강화도에는 머무르지 않아서 그저 지나갔으나, 인천서 열흘쯤 머무르게 되었으므로, 그는 곧 내려서 강화도로 건너가 보았다. 거기서 이리저리 찾아 다니다가 어떤 조그만 객줏집에서 물어 보니, 이름도 그의 아우요 생긴 모습도 그의 아우인 사람이 묵어 있기는 하였으나, 사나흘 전에 도로 인천으로 갔다 한다. 그는 곧 아우를 찾을 바가 없었다.

그 뒤에 눈 오고 비 오며 육 년이 지났지만, 그는 다시 아우를 만나 보지 못하고 아우의 생사까지도 알 수가 없다.

말을 끝낸 그의 눈에는 저녁 해에 반사하여 몇 방울의 눈물이 반득인다.

나는 한참 있다가 겨우 물었다.

"노형 계수는?"

"모르디요. 이십 년을 영유는 안 가 봤으니깐요."

"노형은 이제 어디로 갈 테요?"

"그것도 모르디요. 정처가 있나요? 바람 부는 대로 몰려 댕기디요."

그는 다시 한번 나를 위하여 배따라기를 불렀다. 아아, 그 속에 잠겨 있는 삭이지 못할 뉘우침, 바다에 대한 애처로운 그리움.

노래를 끝낸 다음에 그는 일어서서 시뻘건 저녁 해를 잔뜩 등으로 받고 을밀대로 향하여 더벅더벅 걸어간다. 나는 그를 말릴 힘이 없어서 멀거니 그의 등만 바라보고 앉아 있었다.

그 날 밤, 집에 돌아와서도 그 배따라기와 그의 숙명적 경험담이 귀에 쟁쟁히 울리어서 잠을 못 이루고, 이튿날 아침 깨어서 조반도 안 먹고 기자묘로 뛰어 가서 또 다시 그를 찾아 보았다. 그가 어제 깔고 앉았던 풀은 모두 한편으로 누워서 그가 다녀감을 기념하되, 그는 그 근처에 보이지 않았다. 그러나, 그러나 배따라기는 어디선가 쟁쟁히 울리어서 모든 소나무들을 떨리지 않고는 안 두겠다는 듯이 날아온다.

"모란봉(牧丹峰)이다. 모란봉에 있다."

하고 나는 한숨에 모란봉으로 뛰어 갔다. 모란봉에는 사람이 하나도 없다. 부벽루(浮壁樓)에도 없다.

"을밀대다."

하고 나는 다시 을밀대로 갔다. 을밀대에서 부벽루를 접한, 지옥까지 연결된 듯한 골짜기에 물 한 방울을 안 새이리라고 빽빽이 난 소나무의 그 모든 잎잎은 떨리는 배따라기를 부르고 있지만, 그는 여기도 있지 않다. 기자묘의, 하늘을 향하여 퍼져 나간 그 모든 소나무의 천만의 잎잎도, 그 아래쪽 퍼진 천만의 풀들도, 모두 그 배따라기를 슬프게 부르고 있지만, 그는 이 조그만 모란봉 일대에서 찾을 수가 없었다.

강가에 나가서 알아보니 그의 배는 오늘 새벽에 떠났다 한다.

그 뒤에 여름과 가을이 가고 일 년이 지나서 다시 봄이 이르렀으되, 잠깐 평양을 다녀간 그는 그 숙명적 경험담과 슬픈 배따라기를 남겨 두었을 뿐, 다시 조그만 모란봉에 나타나지 않는다.

모란봉과 기자묘에 다시 봄이 이르러서, 작년에 그가 깔고 앉아서 부러졌

객줏집 장사꾼들의 물건을 흥정 붙여 주거나, 장사꾼들을 재워 주는 집
계수 제수. 아우의 아내.
숙명 날 때부터 타고난 운명
조반 아침 밥

던 풀들도 다시 곧게 대가 나서 자줏빛 꽃이 피려 하지만, 끝없는 뉘우침을 다만 한낱 '배따라기'로 하소연하는 그는, 이 조그만 모란봉과 기자묘에서 다시 볼 수가 없었다. 다만 그가 남기고 간 '배따라기'만 추억하는 듯이 기념하는 듯이 모든 잎잎이 속삭이고 있을 따름이다.

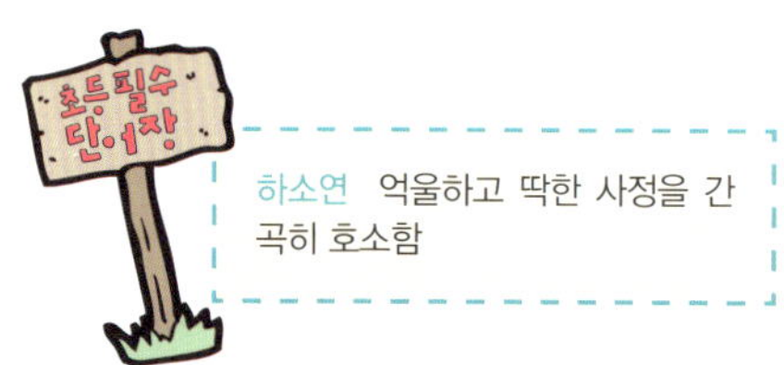

하소연 억울하고 딱한 사정을 간곡히 호소함

짧은 글 짓기를 해 보아요

1 형형색색

2 속절없는

3 쾌활하다

4 자못

5 하소연

이해력을 길러요

1 이 소설 속에서 '나'는 '배따라기'를 부르는 '그'를 어떻게 만나게 되었나요?

2 '그'가 뱃사람이 되어 떠돌아다니게 된 이유는 무엇인가요?

3 이 소설 속에는 마치 액자와 같이 두 이야기 틀이 존재합니다. 각각의 이야기를 정리하여 빈 칸에 써 보세요.

	이야기의 중심인물	사 건
큰 이야기 틀	나	
작은 이야기 틀	그	

사고력을 길러 보아요

1 이 소설 속의 인물들은 어떤 특징을 갖고 있나요? '운명'과 '자연'이라는 두 단어를 사용하여 정리해 보세요.

2 이 소설에서는 운명에 흔들리며 살아갈 수밖에 없는 사람에 대해 어떤 감정을 드러내고 있나요?

3 이 소설 속에서 '배따라기'라는 민요는 어떤 분위기를 조성해 주고 있나요? 이 소설의 주제와 연관하여 생각해 봅시다.

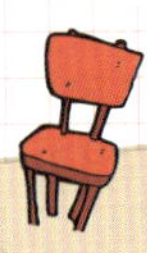

논리력을 길러 보아요

1 다음을 읽고 소설 속의 '나'는 어떠한 세계관을 가지고 있는지 생각해 봅시다. '나'는 무엇을 중요하게 여기고 있을까요? 진시황에 대해 좀 더 조사해 본 후 자신의 생각을 정리하여 말해 보세요.

몇 만의 역사가가 어떻다고 욕을 하든, 그는 참말로 인생의 향락자이며 역사 이후의 제일 큰 위인이라고 할 수가 있다. 그만한 순전한 용기 있는 사람이 있고야 우리 인류의 역사는 끝이 날지라도 한 '사람'을 가졌었다고 할 수 있다.
"큰 사람이었었다."
하면서 나는 머리를 흔들었다.

2 다음 글에서 드러나는 인생관에 대해 각자의 생각을 정리해 보고 비판하는 글을 써 보세요.

"고향이 영유요?"
"예, 머, 영유서 나기는 했디만 한 이십 년을 영윤 가 보지도 않았시요."
"왜, 이십 년씩 고향엘 안 가요?"
그는, 왜 그러는지, 한숨을 짓는다.
"거저, 운명이 제일 힘셉데다."
운명의 힘이 제일 세다는 그의 소리는 삭이지 못할 원한과 뉘우침이 섞여 있다.

감자

김동인 지음

〈감자〉의 저자 김동인 선생님은 1900년 평안남도 평양에서 태어났습니다. 우리나라에 아직 현대적인 소설이 틀을 잡지 않았던 때에 김동인 선생님은 여러 소설 기법을 시도하며 우리 문학을 발전시켰습니다.

〈감자〉 외에도 앞에서 소개한 〈배따라기〉, 일제 하의 민족의 비극을 그린 〈붉은 산〉 등을 썼습니다. 일본에서 공부를 하였으며, 화가가 되기 위해 미술학교에 다니기도 했습니다. 1919년 주요섭, 전영택 선생님과 함께 우리나라 최초의 문학 동인지 〈창조〉를 만들었습니다.

틀에 박힌 계몽주의 소설에서 벗어난 소설을 발표했으며, 자연스럽게 말하듯이 쓰는 구어체 문장을 사용하였습니다. 시점을 도입하고, 과거시제를 사용하는 등 현대 소설에서 쓰이는 여러 방법들을 확립한 소설가이기도 합니다.

복녀는 열다섯 살에 시집을 갔답니다. 그런데 복녀의 남편은 무능력하고 게을러서 가난에서 벗어날 수가 없었습니다.

결국 그들은 칠성문 밖 빈민가로 이사를 가게 되었습니다. 그 곳 사람들은 구걸, 도둑질 등으로 먹고 살았습니다. 그 때까지도 복녀에게는 도덕심이 있어 구걸을 할망정 남들처럼 몸을 팔아서 돈을 버는 일만은 차마 할 수 없었습니다.

그러던 복녀의 생각이 바뀐 건 다른 아낙들과 함께 송충이 잡는 일을 하면서부터였습니다. 그 곳에선 열심히 일한 사람보다 빈둥빈둥 놀던 사람들이 오히려 돈을 더 많이 받아 갔습니다. 어느 날 복녀도 감독에게 불려 가게 되고, 일하지 않고 돈을 받는 부류에 속하게 됩니다.

한번 타락의 길로 빠진 복녀는 이제 스스로 자신의 몸을 팔아 돈을 벌기 시작했습니다. 그러던 중 중국인 왕 서방의 밭에서 감자를 훔치다가 들키고 맙니다. 복녀는 그 때부터 왕 서방의 정부가 됩니다.

그러나 몇 달 후 왕 서방이 아내를 맞게 되자, 질투심에 눈이 먼 복녀는 그의 집에 찾아가 난동을 부립니다. 그러나 난투극 끝에 목숨을 잃은 건 복녀였습니다. 왕 서방은 복녀의 남편과 의사를 매수하여 복녀의 죽음이 병 때문인 것으로 위장해 버립니다.

〈감자〉는 1925년에 쓰여졌습니다. 그 때는 일제가 한반도를 점령하고 있던 시대로, 사회의 부조리와 가난이 사람들의 삶을 짓누르고 있었습니다.

〈감자〉에 등장하는 사람들은 자기의 힘으로 운명을 개척해 나가기보다는 주어진 환경에 굴복하고 순응하는 모습을 보여 줍니다. 아무런 희망이 보이지 않는 환경 속에서 사람들은 점점 타락해 가지요.

지금 태어났다면 힘차게 자신의 인생을 가꾸어 나갈 나이인 복녀가 타락에 빠져 드는 모습은 서글프고 섬뜩합니다. 그러나 이 세상에는 희망 없이 살아 가는 사람도 분명 존재하고, 저자는 그것을 있는 그대로 전달하려는 의도로 꾸밈 없이 보여 주었습니다.

소설의 제목은 복녀가 왕 서방의 밭에서 훔친 '감자'입니다. 감자는 복녀가 타락하게 된 계기이기도 하지만, 그를 죽음으로 이끄는 것이기도 합니다. 그렇다면 감자란 무엇을 가리키는 것일까요? 바로 인간의 삶을 유지해 주기도 하고 타락시키기도 하는 '돈'이나 '욕심'이 아닐까요?

감자

싸움, 간통, 살인, 도둑, 구걸, 징역, 이 세상의 모든 비극과 활극의 근원지인 칠성문 밖 빈민굴로 오기 전까지는 복녀의 부처는 사농공상의 제2위에 드는 농민이었다.

복녀는 원래 가난은 하나마 정직한 농가에서 규칙 있게 자라난 처녀였었다. 예전 선비의 엄한 규율은 농민으로 떨어지고부터 없어졌다 하나, 그러나 어딘지는 모르지만 딴 농민보다는 좀 똑똑하고 엄한 가율이 그의 집에 그냥 남아 있었다. 그 가운데서 자라난 복녀는 물론 다른 집 처녀들같이 여름에는 벌거벗고 개울에서 멱감고, 바짓바람으로 동네를 돌아다니는 것을 예사로 알기는 알았지만, 그러나 그의 마음속에는 막연하나마 도덕이라는 것에 대한 기품을 가지고 있었다.

그는 열다섯 살 나는 해에 동네 홀아비에게 팔십 원에 팔려서 시집이라는 것을 갔다. 그의 새서방(영감이라는 편이 적당할까)이라는 사람은

복녀가 타락하게 된 것은 시집을 가고, 그 후에 빈민굴로 이사를 가면서부터이다. 따라서 천성이 그랬던 것이 아니라 환경에 의해 변한 것임을 강조하고 있다.

그보다 이십 년이나 위로서, 원래 아버지의 시대에는 상당한 농민으로 밭도 몇 마지기가 있었으나 그의 대로 내려오면서는 하나둘 줄기 시작하여서 마지막에 복녀를 산 팔십 원이 그의 마지막 재산이었다. 그는 극도로 게으른 사람이었다. 동네 노인의 주선으로 소작밭깨나 얻어 주면 종자만 뿌려 둔 뒤에는 후치질도 안 하고 김도 안 매고 그냥 버려 두었다가는 가을에 가서는 되는 대로 거둬서 '금년에 흉년입네' 하고 밭 주인에게는 가져도 안 가고 혼자 먹어 버리곤 하였다. 그러니까 그는 한 밭을 이 년 동안 부쳐 본 일이 없었다. 이리하여 몇 해를 지내는 동안 그는 그 동네에서는 밭을 못 얻으리만큼 인심과 신용을 잃고 말았다.

복녀가 시집을 온 지 한 삼사 년은 장인의 덕으로 이렁저렁 지내 갔으나 예전 선비의 꼬리인 장인도 차차 사위를 밉게 보기 시작하였다. 그들은 처가에까지 신용을 잃게 되었다. 그들 부처는 여러 가지로 의논하다가 할 수 없이 평양 성안으로 막벌이로 들어왔다. 그러나 게으른 그에게는 막벌이나마 역시 되지 않았다. 하루종일 지게를 지고 연광정에 가서 대동강만 내려다보고 있으니, 어찌 막벌이인들 될까. 한 서너 달 막벌이를 하다가 그들은 요행 어떤 집 막간살이로 들어가게 되었다.

그러나 그 집에서도 얼마 안 되어 쫓겨 나왔다. 복녀는 부지런히 주인 집 일을 보았지만 남편의 게으름은 어찌할 수가 없었

다. 만날 복녀는 눈에 칼을 세워 가지고 남편을 채근하였지만 그의 게
으른 버릇은 개를 줄 수는 없었다.

"뱃섬 좀 치워 달라우요."

"남 졸음 오는데, 님자 치우시관."

"내가 치우나요."

"이십 년이나 밥을 처먹고 그걸 못 치워!"

"에이구 칵 죽구나 말디."

"이 년 뭘!"

이러한 싸움이 그치지 않다가 마침내 그 집에서도 쫓겨 나왔다.

이젠 어디로 가나? 그들은 할 수 없이 칠성문 밖 빈민굴로 밀리어 나
오게 되었다. 칠성문 밖을 한 부락으로 삼고 그 곳에 모여 있는 모든 사
람들의 본업은 거지요, 부업으로는 도둑질과(자기끼리의) 몸을 파는
일, 그 밖에 이 세상의 모든 무섭고 더러운 죄악이 있었다. 복녀도 그
본업으로 나섰다.

그러나 열아홉 살의 한창 좋은 나이의 여편네에게는 누가 밥인들 잘
줄까.

"젊은 거이 거랑질은 왜."

그런 소리를 들을 때마다 그는 여러 가지 말로 남편이 병으로 죽어 가
거니 어쩌니 핑계는 대었지만, 그런 핑계에는 단련된 평양 시민의 동정
은 역시 살 수가 없었다. 그들은 이 칠성문 밖에서도 가장 가난한 사람
가운데 드는 편이었다. 그 가운데서 잘 수입되는 사람은 하루에 오 리짜

리 돈푼으로 일 원 칠팔십 전의 현금을 쥐고 돌아오는 사람까지 있었다.
극단으로 나가서는 밤에 돈벌이를 나갔던 사람은 그 날 밤 사십 원을 벌
어 가지고 그 근처에서 담배 장사를 하기 시작한 사람까지 있었다.

복녀는 열아홉 살이었다. 얼굴도 그만하면 반반하였다. 그 동네 여인
들의 보통 하는 일을 본받아서, 그도 돈벌이 좀 잘하는 사람의 집에라
도 간간 찾아가면 매일 오륙십 전은 벌 수
가 있었지만 선비의 집안에서 자라난 그
는 그런 일은 할 수가 없었다.

그들 부처는 역시 가난하게 지냈다. 굶

채근 일의 근원을 더듬어 냄. 또는
따져 독촉함.
볏섬 볏섬. 벼를 담을 때 쓰임
거랑질 구걸하는 행위
반반하였다 생김새가 예쁘장하였다.

복녀도 다른 여인들처럼 몸을 팔면 돈을 좀 벌
수 있었을 테지만, 이 때까지 복녀에게는 도
덕심이 있었다.

는 일도 흔히 있었다.

기자묘 솔밭에 송충이가 끓었다. 그 때 평양루에서는 그 송충이를 잡는 데 (은혜를 베푸는 뜻으로) 칠성문 밖 빈민굴의 여인들을 인부로 쓰게 되었다.

빈민굴 여인들은 모두가 지원을 하였다. 그러나 뽑힌 것은 겨우 오십 명쯤이었다. 복녀도 그 뽑힌 사람 가운데 한 사람이었다.

복녀는 열심으로 송충이를 잡았다. 소나무에 사다리를 놓고 올라가서는 송충이를 집게로 집어서 약물에 잡아 넣고 또 그렇게 하고, 그의 통은 잠깐 사이에 차곤 하였다. 하루에 삼십이 전씩의 품삯이 그의 손에 들어왔다.

그러나 대엿새 하는 동안에 그는 이상한 현상을 하나 발견하였다. 그것은 다른 것이 아니라 젊은 여 인부 한 여남은 사람은 언제든 송충이는 안 잡고 아래서 지절거리며 웃고 날뛰기만 하고 있는 것이었다. 뿐만 아니라 그 놀고 있는 인부의 품삯은 일하는 사람의 삯전보다 팔 전이나 더 많이 내어 주는 것이다. 감독은 한 사람뿐이었는데, 감독도 여자들이 놀고 있는 것을 묵인할 뿐 아니라 때때로 자기까지 섞여서 놀고 있었다. 어떤 날 송충이를 잡다가 점심 때가 되어서 나무에서 내려와서 점심을 먹고 다시 올라가려 할 때에 감독이 그를 찾았다.

"복네! 얘, 복네!"

"왜 그릅네까?"

그는 약통과 집게를 놓고 뒤를 돌아섰다.

"좀 오너라."

그는 말없이 감독 앞에 갔다.

"애, 너, 음……. 저 뒤 좀 가 보자."

"뭘 하레요?"

"글쎄 가야……."

"가디요. 형님!"

그는 돌아서면서 부인들 모여 있는 데로 고함쳤다.

"형님두 갑세다."

"싫다 애. 둘이서 재미나게 가는데 내가 무슨 맛에 가갔니?"

복녀는 얼굴이 새빨갛게 되면서 감독에게로 돌아섰다.

"가 보자."

감독은 저편으로 갔다. 복녀는 머리를 숙이고 따라갔다.

"복네 좋갔구나."

뒤에서 이런 소리가 들렸다. 복녀의 숙인 얼굴은 더욱 빨갛게 되었다.

그 날부터 복녀도 '일 안 하고 품삯 많이 받는 인부'의 한 사람으로 되었다.

복녀의 도덕관 내지 인생관은 그 때부터 변하였다.

그는 여태껏 딴 사내와 관계를 한다는 것을 생각하여 본 일도 없었다. 그것은 사람의 일이 아니요 짐승의 하는 것쯤으로만 알고 있었다. 혹은 그런 일은 하면 탁 죽어지는지도 모를 일로 알았다.

그러나 이런 이상한 일이 다시 있을까.

사람인 자기도 그런 일을 한 것을 보면 그것은 결코 사람으로 못할 일
도 아니었다. 게다가 일 안 하고도 돈 더 받고, 긴장된 재미가 있고 빌
어 먹는 것보다 점잖고……. 일본 말로 하자면 '삼박자(拍子)' 같은 좋은
일이 이것뿐이었다. 이것이야말로 삶의 비결이 아닐까. 뿐만이 아니라
이 일이 있은 뒤부터 그는 처음으로 한 개 사람으로 된 것 같은 자신까
지 얻었다.

그 뒤부터는 그의 얼굴에 조금씩 분도 발리게 되었다.

일 년이 지났다.

그의 처세의 비결은 더욱 더 순탄히 진척되었다. 그의 부처는 인제는
그리 궁하게 지내지는 않게 되었다. 그의 남편은 이것이 결국 좋은 일
이라는 듯이 아랫목에 누워서 벌신벌신 웃고 있었다.

복녀의 얼굴은 더욱 예뻐졌다.

"여보 아즈바니, 오늘은 얼마나 벌었소?"

복녀는 돈 좀 많이 벌은 듯한 거지를 보면 이렇게 찾는다.

"오늘은 많이 못 벌었쉐다."

"얼마?"

"도무지 열서너 냥."

"많이 벌었쉐다가레. 한 댓 냥 꿔 주소고래."

"오늘은 내가……."

어쩌고 어쩌고 하면 복녀는 곧 뛰어 가서 그의 팔에 늘어진다.

"나한테 들킨 다음에는 꾸고야 말아요."

"난 원, 이 아즈마니 만나믄 야단이더라. 자 꿔 주디. 그 대신……."

"난 몰라요, 해해해해."

"모르믄, 안 줄 테야."

"글쎄, 알았대두 그른다."

── 그의 성격은 이만큼 진보되었다.

가을이 되었다.

칠성문 밖 빈민굴의 여인들은 가을이 되면 칠성문 밖에 있는 중국인의 채마밭에 감자(고구마)며 배추를 도둑질하러 밤에 바구니를 가지고 간다. 복녀도 감자깨나 도둑질하여 왔다.

어떤 날 밤, 그는 고구마를 한 바구니 잘 도둑하여 가지고 이젠 돌아가려고 일어설 때에 그의 뒤에 시커먼 그림자가 서서 그를 꽉 붙들었다. 보니, 그것은 그 밭의 주인인 중국인 왕 서방이었다.

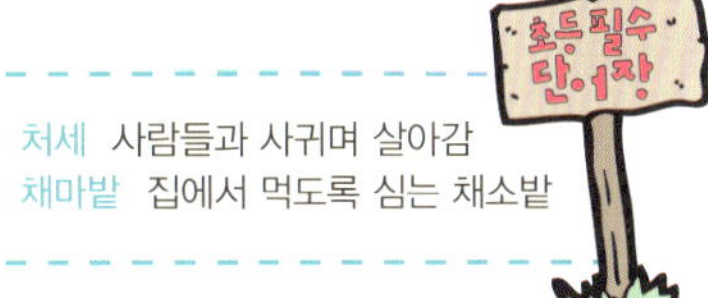

복녀는 말도 못 하고 멀찐멀찐 발 아래만 보고 있었다.

"우리 집에 가!"

왕 서방은 이렇게 말하였다.

"가재믄 가디. 원, 것두 못 갈까."

복녀는 엉덩이를 한번 휙 두른 뒤에 머리를 젖히고 바구니를 저으면서 왕 서방을 따라갔다.

한 시간쯤 뒤에 그는 왕 서방의 집에서 나왔다. 그가 밭고랑에서 길로 들어서려 할 때에 문득 뒤에서 누가 그를 찾았다.

"복녀 아니야?"

복녀는 휙 돌아서 보았다. 거기는 옆집 여편네가 바구니를 끼고 어두운 밭고랑을 더듬더듬 나오고 있었다.

"형님이댔쉐까……. 형님도 들어갔댔쉐까?"

"님자두 들어갔댔나?"

"형님은 뉘 집에?"

"나? 늗(陸) 서방네 집에. 님자는?"

"난 왕 서방네……. 형님 얼마 받았소?"

"늗 서방 그 깍쟁이놈 배추 세 폐기……."

"난 삼 원 받았디."

복녀는 자랑스러운 듯이 대답하였다.

십 분쯤 뒤에 그는 자기 남편과 그 앞에 돈 삼 원을 내놓은 뒤에 아까 그 왕 서방의 이야기를 하면서 웃고 있었다.

그 뒤부터 왕 서방은 수시로 복녀를 찾아 왔다.

한참 왕 서방이 눈만 멀찐멀찐 앉아 있으면 복녀의 남편은 눈치를 채고 밖으로 나간다. 왕 서방이 돌아간 뒤에는 그들 부처는 일 원 혹은 이 원을 가운데 놓고 기뻐하곤 하였다. 복녀는 차차 동네 거지들한테 애교를 파는 것을 중지하였다. 왕 서방이 분주하여 못 올 때가 있으면 복녀는 스스로 왕 서방의 집까지 찾아 갈 때도 있었다.

복녀의 부처는 이젠 이 빈민굴의 한 부자였다.

그 겨울도 가도 봄이 이르렀다.

그 때 왕 서방은 돈 백 원으로 처녀 하나를 마누라로 사 오게 되었다.

"흥."

복녀는 다만 코웃음만 쳤다.

"복녀 강짜하갔구만."

동네 여편네들이 이런 말을 하면 복녀는 '흥' 하고 코웃음을 웃곤 하였다.

내가 강짜를 해? 그는 늘 힘 있게 부인하고 하였다. 그러나 그의 마음에 생기는 검은 그림자는 어찌할 수가 없었다.

"이 놈 왕 서방, 네 두고 보자."

왕 서방이 색시를 데려오는 날이 가까워 왔다. 왕 서방은 여태껏 자랑하던 기다란 머리를 깎았다. 동시에 그것은 새색시의 의견이라는 소문이 퍼졌다.

“흥.”

복녀는 역시 코웃음만 쳤다.

마침내 새색시가 오는 날이 이르렀다. 칠보단장에 가마를 탄 색시가 칠성문 밖 채마밭 가운데 있는 왕 서방의 집에 이르렀다. 밤이 깊도록 왕 서방의 집에는 중국인들이 모여서 별난 악기를 뜯으며 별난 곡조로 노래하며 야단이었다. 복녀는 집 모퉁이에 숨어 서서 눈에 살기를 띠고 방 안의 동정을 듣고 있었다.

다른 중국인들은 새벽 두 시쯤 하여 돌아갔다. 그 돌아가는 것을 보면서 복녀는 왕 서방의 집 안에 들어갔다. 복녀의 얼굴에는 분이 하얗게 발리어 있었다. 신랑 신부는 놀라서 그를 쳐다보았다. 그것을 무서운 눈으로 흘겨 보면서 그는 왕 서방에게 가서 팔을 잡고 늘어졌다. 그의 입에서는 이상한 웃음이 흘렀다.

“자, 우리 집으로 가요.”

왕 서방은 아무 말도 못하였다. 눈만 정처 없이 두룩두룩하였다. 복녀는 다시 한번 왕 서방을 흔들었다.

“자, 어서.”

“우리, 오늘은 일이 있어 못 가.”

“일은 밤중에 무슨 일?”

“그래두 우리 일이…….”

복녀의 입에 여태껏 떠돌던 이상한 웃음은 문득 없어졌다.

“이까짓 것!”

칠보단장 여러 가지 패물로 몸을 꾸밈
두룩두룩 부리부리한 눈에 열기를 보이며 부릅뜨고 굴리는 모양
얼른얼른 날이 시퍼렇게 서 있는 모양
교섭 무슨 일을 이루기 위해서 상대방과 의논하고 타협함

그는 발을 들어서 치장한 신부의 머리를 찼다.

"자, 가자우, 가자우."

왕 서방은 와들와들 떨었다. 왕 서방은 복녀의 손을 뿌리쳤다. 복녀
는 쓰러졌다. 그러나 곧 일어섰다. 그가 다시 일어설 때는 그의 손에 얼
른얼른하는 낫이 한 자루 들리어 있었다.

"이 되놈, 죽어라. 이 놈, 나 때렸디! 이 놈아, 아이구, 사람 죽이누나."

그는 목을 놓고 처울면서 낫을 휘둘렀다. 칠성문 밖 외딴 밭 가운데
홀로 서 있는 왕 서방의 집에서는 한바탕의 활극이 일어났다. 그러나
그 활극도 곧 잠잠하게 되었다. 복녀의 손에 들리어 있던 낫은 어느덧
왕 서방의 손으로 넘어가고 복녀는 목으로 피를 쏟으며 그 자리에 고꾸
라져 있었다.

장사를 지내지 않은 채 왕 서방과 복녀 남편 사이
에 어떤 음모가 이루어지고 있음을 짐작할 수 있다.

복녀의 송장은 사흘이 지나도록 무덤으로 못 갔다. 왕 서방은 몇 번
을 복녀의 남편을 찾아 갔다. 복녀의 남편도 때때로 왕 서방을 찾아 갔
다. 둘의 사이에는 무슨 교섭하는 일이 있었다.

사흘이 지났다.

밤중 복녀의 시체는 왕 서방의 집에서 남편의 집으로 옮겨졌다.

그리고 시체에는 세 사람이 둘러 앉았다. 한 사람은 복녀의 남편, 한 사람은 왕 서방, 또 한 사람은 어떤 한방 의사. 왕 서방은 말없이 돈주머니를 꺼내어 십 원짜리 지폐 석 장을 복녀의 남편에게 주었다. 한방 의사의 손에도 십 원짜리 두 장이 갔다.

이튿날 복녀는 뇌일혈로 죽었다는 한방의의 진단으로 공동묘지로 실려 갔다.

복녀의 죽음은 병으로 위장되었다. 이 소설의 마지막 부분은 사실만을 간결하게 전달함으로써 세상의 비정함과 섬뜩함을 부각시키고 있다.

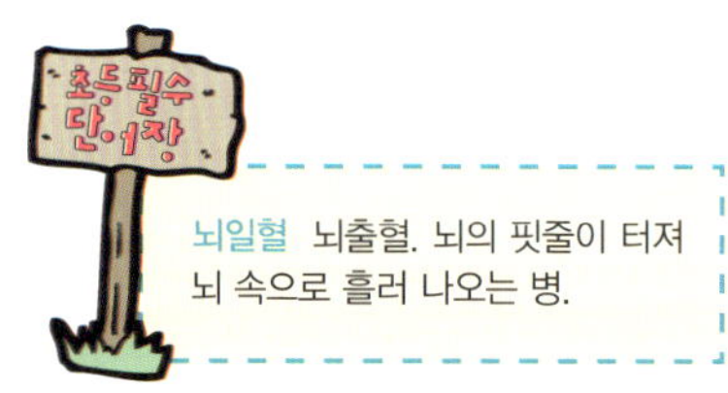

뇌일혈 뇌출혈. 뇌의 핏줄이 터져 뇌 속으로 흘러 나오는 병.

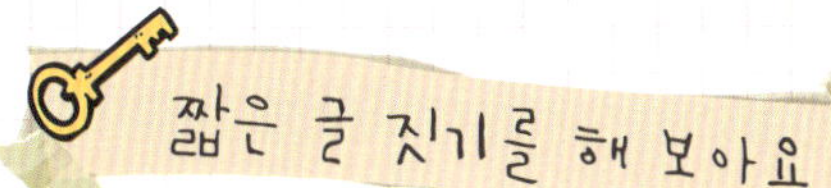

짧은 글 짓기를 해 보아요

1   엄하다

2   막연하다

3   이렁저렁

4   품삯

5   여남은

이해력을 길러요

1   복녀는 어떤 집안에서 자라났나요?

2   복녀 부부는 어찌하여 빈민굴로 들어오게 되었나요?

3   이 소설 속에서 복녀를 타락으로 이끈 환경으로 제시한 것은 무엇인가요?

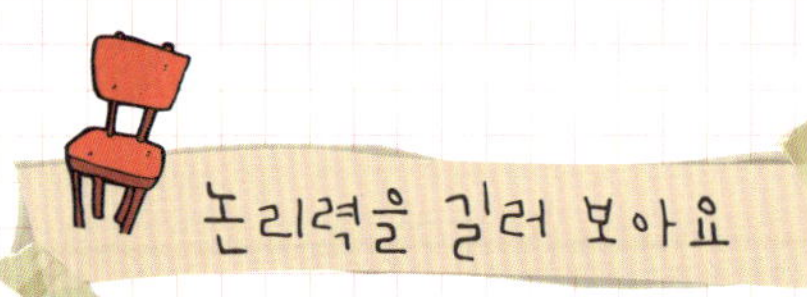

사고력을 길러 보아요

1 이 소설의 제목인 '감자'는 무엇을 상징하는 것일까요?

2 복녀의 변화를 통해 작가는 무엇을 말하려는 것일까요?

3 이 소설 속에서 작가는 등장인물의 인생관이나 생각을 직접적으로 설명하는 방식을 택하고 있습니다. 그러한 부분을 본문에서 찾아 써 보세요.

논리력을 길러 보아요

1 이 소설 속에서 복녀는 환경에 지배당하는 인물로 그려져 있습니다. 환경이 사람의 운명을 결정짓는다는 이러한 견해를 환경결정론이라고 합니다. 이에 대한 자신의 의견을 정리하여 논리적으로 써 보세요.

2 우리는 이 소설을 통해 물질만능주의에 대한 비판과 인간의 본성에 대한 고발을 읽어 낼 수 있습니다. 이와 관련하여 소설을 읽은 감상을 정리해 보세요.

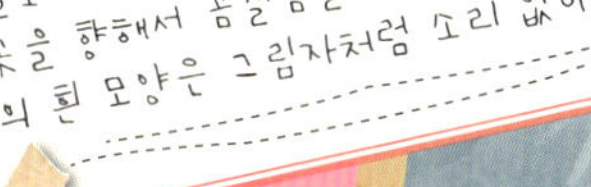

진중은 셋째 처녀는 몸을 일으키며 이런 제의를 하였다. 다른 처녀들도 그 말에 찬성한다는 듯이 따라 일어섰으되 의아와 공구와 호기심이 뒤섞인 얼굴을 서로 교환하면서 얼마쯤 망설이다가 마침내 가만히 문을 열고 나왔다. 쌀벌레 같은 그들의 발가락은 가장 조심성 많게 소리 나는 곳을 향해서 곰실곰실 기어간다. 컴컴한 복도에 자다가 일어난 세 처녀의 된 모양은 그림자처럼 소리 없이 움직였다. 〈B사감과 러브레터〉